# Le Fleuve détourné

DU MÊME AUTEUR

Le printemps n'en sera que plus beau, *Entreprise Nationale du Livre, Alger, 1983, Stock, 1995, Pocket, 1997*
Une paix à vivre, *Entreprise Nationale du Livre, Alger, 1983, Stock, 1995*
Tombéza, *Robert Laffont, 1984, Pocket, 1996, Stock, 2000*
L'Honneur de la tribu, *Robert Laffont, 1989, Stock, 1999*
La ceinture de l'Ogresse, *Seghers, 1990, Stock, 1999*
Une peine à vivre, *Stock, 1991, Pocket, 1993*
De la barbarie en général et de l'intégrisme en particulier, *Le Pré au Clercs, 1992, Pocket, 1993*
La Malédiction, *Stock, 1993, Pocket, 1995*
Chroniques de Tanger, *Stock, 1995, Pocket, 1998*

Rachid Mimouni

# Le Fleuve détourné

*roman*

Stock

Cet ouvrage a été publié aux éditions Robert Laffont en 1982.

Ce que nous voulons, c'est réveiller nos compatriotes de leur sommeil, leur apprendre à se méfier, à revendiquer leur part de vie en ce monde, afin que les suborneurs ne puissent plus exploiter l'ignorance des masses.

A. BEN BADIS

## 1

L'Administration prétend que nos spermatozoïdes sont subversifs. Je ne partage pas cette opinion, au moins pour ce qui me concerne. Je ne possède rien de commun avec les autres. Ma présence en ce lieu n'est que le résultat d'un regrettable malentendu. J'ai écrit une lettre pour demander audience à l'Administrateur. Je suis certain qu'il comprendra tout lorsqu'il aura entendu mon histoire et qu'il me laissera partir immédiatement.

## 2

L'Administrateur est un homme prudent. Il vient de m'informer qu'il a transmis ma lettre à l'Administrateur en Chef. Selon lui, seul ce dernier est en mesure de prendre une décision concernant mon cas. Le vieux Vingt-Cinq s'est lancé dans un long commentaire.

— Il n'est pas facile, dans ce pays, d'être Administrateur. C'est un poste qui exige beaucoup de qualités. Il faut faire montre d'une grande souplesse d'échine, de beaucoup d'obséquiosité, d'une totale absence d'idées personnelles de manière à garder à ses neurones toute disponibilité pour accueillir celles du chef. Il faut surtout se garder comme de la peste de toute forme d'initiative. Notre Administrateur observe à la lettre ces sacro-saints principes. C'est un homme intelligent. Je prédis qu'il montera haut dans la hiérarchie.

Je ne l'écoute pas du tout. C'est l'homme qui a l'habitude de radoter ainsi. Il a sans doute contracté cette manie au cours de ses nombreux séjours en prison. Je reste convaincu pour ma part que l'Administration se rendra à mes raisons.

## 3

A franchement parler, il n'y a pas trop lieu de se plaindre de notre situation. Certes, notre installation matérielle reste très rudimentaire. Nos baraques ne sont meublées que de simples lits de camps en toile et d'armoires métalliques brinquebalantes, rescapées par miracle du désastre général. Il n'y a pas de climatisation, malgré la rigueur du climat. Le mince contreplaqué de nos bicoques laisse tranquillement passer le froid et la chaleur. En été, les chambrées deviennent des étuves. Impossible d'y rester longtemps. Pour faire ses besoins, il faut aller dans les champs. Cela ne me gêne pas beaucoup, personnellement. J'ai fait ainsi durant toute ma vie. Mais les citadins n'ont pas l'habitude. L'Ecrivain, qui, en dépit des apparences, est un homme très pudique, n'arrête pas de protester contre cette situation. Il a même proposé une action de volontariat populaire pour construire des latrines. L'Administration, qui cherche depuis longtemps le moyen de nous normaliser, a applaudi à cette initiative et accepté de fournir les matériaux et les outils de travail à condition d'institutionnaliser l'action. Devant cette exigence, l'Ecrivain s'est immédiatement récusé.

L'eau nous est distribuée par camions-citernes, une fois par jour. Il faut trouver le moyen de la stocker. Rachid le Sahraoui ne s'est pas encore consolé du départ de l'usine mobile de traitement d'eau. Il passait des heures entières à regarder la machine évacuer le long d'une glissière les petits sachets d'eau qui tombaient un à un dans un bac. Il n'arrivait pas à concevoir le miracle de cette mécanique fabriquant de l'eau. Il ne se lassait pas de les palper, jouissant du bout des doigts, émerveillé par la transparence du plastique et du liquide.

— Jalonner ainsi de ces petits sachets les pistes du désert !

Nous faisons notre cuisine dans la cour, à l'air libre. En été, il y a beaucoup de poussière et, en hiver, beaucoup de boue. Mais j'ai connu pire au maquis. D'ailleurs l'Administration vient de nous informer qu'il y aura bientôt un arrivage d'une grande quantité de cuisinières et de frigos directement importés de l'étranger.

Vingt-Cinq n'a pas raté l'occasion de commenter l'événement.

— O miracle de la technologie occidentale ! Le

capitalisme tant décrié fabrique encore de bons produits. Si sa fin est proche, comme on nous l'assure, il faut avouer que son déclin garde bien des séductions pour nos peuples émerveillés.

On a confié à l'Ecrivain le registre des inscriptions. L'homme est complètement transformé par ses nouvelles responsabilités. La veille encore, il parlait de se suicider.

Vingt-Cinq remarque :

— Il est extraordinaire de voir à quel point le pouvoir peut transformer les hommes. La moindre parcelle d'autorité concédée fait d'un opposant irréductible un homme de main servile. Nous en tirons comme leçon que la politique est un jeu de dupes. Il ne faut jamais croire les politiciens quand ils parlent de principes. Ces beaux principes ne sont que le moyen qui permet de confisquer le pouvoir. Ne les préoccupe que leur situation personnelle. Ils sont opposants parce qu'ils ne peuvent pas être partie prenante.

L'Ecrivain a accueilli avec un sourire le début du discours de Vingt-Cinq. Mais il s'est ému devant la soudaine attention de Omar. Il a tort. Ce vieillard passe son temps à radoter. C'est tout ce qu'il sait faire. Omar ne l'ignore pas.

## 4

Je dois préparer minutieusement l'entrevue que je vais avoir avec l'Administrateur en Chef. Il faudra lui faire comprendre que ma présence ici n'est que le résultat d'un stupide malentendu. Parce que tout le monde me croyait mort. Mon exposé des faits sera clair et précis. Mais nécessairement long. C'est la raison pour laquelle j'aurai à trouver le moyen d'entretenir l'intérêt de mon interlocuteur. Sinon, il ne m'écoutera pas jusqu'au bout et ne pourra pas prendre la décision conséquente. Je commencerai par le début. Il faut préférer la longueur au risque d'inintelligibilité.

## 5

Je suis né dans un petit douar au pied des monts Boudjellel, face au pont Kédar. Ma famille est issue d'une puissante tribu qui habite en haut, près du village Kédar. Autrefois, nous vivions unis et prospères sur de vastes terres exploitées dans l'indivision. Mais un colon du voisinage, qui projetait d'étendre ses champs de vigne, soudoya un membre de la tribu qui alla demander le partage des terres. La loi française disait qu'il suffit qu'un seul ayant droit demande le partage pour que celui-ci soit réalisé d'autorité.

C'était le meilleur moyen de semer la discorde parmi les membres de la tribu. Dans l'indivision, ces terres contentaient tout le monde. Chacun exploitait la parcelle de son choix et, en plus des surfaces réservées aux pâturages, il restait de bonnes terres non cultivées.

Mais il avait suffi qu'on parlât de partage pour voir resurgir les vieux démons de la tribu. Quelques voix eurent beau rappeler les mises en garde des ancêtres, rien n'y fit. La rage avait gagné les cœurs.

Ce fut un vrai désastre.

Loin du village, séparé des autres terres de la tribu, il est un bout de colline rocailleux et stérile.

## 6

Il y a grande effervescence, ce matin. Rassemblés dans la cour, les gens parlent de grève et de manifestation. Cela a pour origine une pénurie de pommes de terre, qui constituent la base de notre alimentation. Après une longue attente, le précieux tubercule nous est enfin parvenu, mais complètement pourri. Les Sioux nous forcèrent à le manger. Les personnes à l'estomac délicat trépassèrent.

Les Sioux ont promptement averti l'Administrateur de l'agitation régnante. Afin de calmer les esprits, ce dernier décide de prononcer un grand discours. On installe à la hâte un petit podium et des haut-parleurs sur la grand-place. On rassemble les gens.

L'orateur parle en arabe littéraire. Bien peu de gens comprennent. Vingt-Cinq nous a fait une traduction du discours, mais j'en suspecte la fidélité, car je commence à connaître la fantaisie du vieillard.

— Vous êtes tous des enfants de putains. Et des traîtres. Vous devez avoir une confiance aveugle en vos dirigeants. Hier, c'est nous qui vous avons sortis de la merde, ne l'oubliez pas. Aujourd'hui, nous travaillons pour le bonheur des générations futures, que nous sommes en mesure de garantir, si vous acceptez de nous suivre docilement au long du difficile chemin que nous vous avons tracé. Je me dois d'être franc avec vous. N'attendez aucun bénéfice immédiat de vos efforts. Mais comme je sais que vous êtes de bons musulmans, vous trouverez au paradis la récompense des peines endurées ici-bas. La stratégie que nous avons mise au point est magnifique. La preuve : tout le peuple est avec nous. Vous devez par conséquent éviter toute initiative de nature à troubler cette belle ordonnance des choses. D'ailleurs, nous sommes en train de rédiger un document qui répondra à toutes vos questions.

## 7

Loin du village, séparé des autres terres de la tribu, il y avait un bout de colline rocailleux et stérile. Y furent exilées cinq familles. Celles qui comptaient pour rien dans la subtile hiérarchie de la tribu, celle qui n'eurent jamais voix au chapitre au moment du partage, celles dont les chefs ne savaient pas parler au conseil, ne faisaient que bafouiller quand il leur fallait prendre la parole, se contentaient d'approuver les vastes discours des autres, n'appartenaient à aucun clan, ne connaissaient pas l'administrateur de la commune mixte qui avait présidé au partage, n'avaient pas su faire miroiter des promesses à l'expert-géomètre, avaient cru en la sagesse du conseil tribal et étaient affligés d'un catastrophique optimisme.

Ils n'eurent pas un mot de protestation devant la flagrante injustice et durent déménager aussitôt le démembrement achevé.

## 8

L'Administration prétend que nos spermatozoïdes sont subversifs. C'est la raison pour laquelle elle a entrepris une vaste opération d'émasculation dont elle nous a expliqué en détail les différentes phases. Je me suis ainsi rendu compte que l'ablation de nos glandes génitales ne constituait pas une mince affaire.

L'Administration est bien consciente de l'énorme tâche qui l'attend. Elle affirme vouloir mener cette action de façon scientifique. Elle en a donc confié l'étude préliminaire à une société américaine. Il fut impossible de mettre en doute les conclusions du document final car les paiements se faisaient en dollars. A la suite de ces recommandations, on importa de l'étranger un matériel ultra-moderne, le seul de son genre en Afrique, et des experts en vue de superviser le travail des cadres nationaux. Comme ces experts n'omirent pas d'apporter des bouteilles de whisky pour l'Administrateur et des parfums de Paris pour sa femme, tout alla très bien. Nous nous trouvons ainsi sous une permanente surveillance médicale. L'Administrateur ne cesse de nous rappeler la sollicitude des dirigeants à notre égard.

— Vous devez vous rendre compte que c'est votre bien-être physique et moral que nous recherchons. Par conséquent, il faut non seulement vous prêter avec complaisance à l'opération projetée, mais vous comporter de façon à en garantir le succès. Notre action s'inscrit dans le sens de l'Histoire : tous les opposants seront impitoyablement éliminés. Nous n'hésiterons pas si nécessaire à recourir à la violence révolutionnaire. Les statistiques montrent clairement que dans tous les pays du monde on assiste à une nette recrudescence de la vérole et de la chaude-pisse. Le socialisme que nous voulons construire saura vous préserver de ces dangereux microbes, et d'autres maladies, d'apparition récente, plus dangereuses encore. Nous avons engagé les plus grands spécialistes mondiaux, qui nous ont démontré, de façon irréfutable, que vos spermatozoïdes sont subversifs.

## 9

Les membres exilés de la tribu s'installèrent sur leur flanc de colline. Tête basse, mâchoires serrées. Orphelins, les hommes ! Oseriez-vous pleurer ? Foutus. Espace désarticulé. Aucune harmonie. Comme un fil de fer entre les doigts malhabiles d'un enfant. De rares figuiers difformes, attestant leur mal de vivre. Un jujubier accusateur dressé vers le ciel, surgi comme un miracle en équilibre instable sur son plan incliné. L'horizon bouché par une haie de cactus. Poussière d'épines. Pieds nus et djellaba au vent, j'ai passé le plus clair de mon enfance à trotter le long des sentiers sinueux de cet espace abrupt. Houria, ma voisine, partageait mes jeux et mes randonnées.

De la nuit à la nuit mon père s'échinait sur son

lopin de terre avare et pierreux. Recru de fatigue, il rentrait le soir en mâchant ses moustaches mais refusait obstinément mon aide alors que tous les garçons de mon âge avaient trouvé à s'employer pour aider leur famille.

Un jour, il me prit par la main et m'emmena vers l'échoppe du cordonnier qui se trouvait en contrebas, accolée au parapet du pont dont la largeur était si faible qu'elle ne pouvait permettre le passage de deux charrettes de front. On avait l'impression que le vieil homme ne restait là que pour régler la circulation, tant ses clients étaient rares, mais rares aussi les voitures qui empruntaient ce pont. Pour aller où ?

— Tu resteras chez le cordonnier pour l'aider dans son travail et apprendre le métier.

Je l'interrogeai sur la raison de cette décision.

— Je suis ton père, tu ne dois pas discuter mes ordres.

Je lui dis alors que je m'expliquais mal son comportement, que je ne comprenais pas pourquoi il n'avait jamais voulu accepter mon aide, ni pourquoi il m'avait toujours tenu éloigné des travaux de la terre, ni la raison pour laquelle il me menait chez ce vieillard à demi fou pour me demander d'apprendre le plus méprisable des métiers, qui consiste à toujours rester agenouillé aux pieds des hommes, si méprisable que seul un étranger pouvait accepter de l'exercer.

Mon père ne répondit pas.

## 10

J'attends toujours la réponse de l'Administrateur en Chef. Mon séjour en ce lieu commence à me peser. Mais je crois que j'ai tort de m'inquiéter. S'il ne m'a pas encore répondu, c'est sans doute par manque de temps. Un personnage aussi important doit avoir un calendrier très chargé.

Les Sioux m'ont conseillé de m'intégrer davantage à mon groupe. Mais je ne souhaite pas le faire. D'abord parce que ma présence ici n'est que temporaire. Ensuite, parce que beaucoup de ces gens me sont antipathiques. En particulier l'Ecrivain. Il est toujours dans son coin à ruminer de sombres catastrophes. Vingt-Cinq prétend qu'il fut un homme important, autrefois. Il aime beaucoup discuter avec lui. Mais je ne le crois pas. Je me rends bien compte que c'est un homme ravagé par l'herbe et l'alcool. Je ne peux supporter que la compagnie de deux hommes : Vingt-Cinq et Omar, un jeune étudiant, qui doit avoir à peine vingt ans. Lui non plus ne parle pas beaucoup. Mais il est toujours souriant et sait tirer de sa guitare des airs tristes et doux.

## 11

Je grandissais avec Houria, dont les seins poussaient, et qui se mettait à baisser les yeux et à rougir lors de nos rencontres. Elle était belle comme un rêve, et je craignais de ne pouvoir l'épouser, car bien des prétendants la guignaient et, de tous les jeunes gens de la région, j'étais le plus misérable d'entre les misérables.

12

— Pourquoi as-tu accepté de l'épouser ? demande Omar.

— Les hommes sont cruels. Ils savent des mots plus acérés que des lames. Qui vous lardent le corps. Le cœur. Ils ont dit des paroles terribles. Et ils ont ricané. Ils ont dit qu'elle était une putain, la dernière des filles. Ce n'est pas vrai. Que pouvait-elle, contre ce mâle dans la force de l'âge qui l'écartelait ? Malgré la réprobation générale, je ne pouvais abandonner Houria. Pour moi, le plus misérable des hommes, elle avait éconduit de prestigieux prétendants. Ils ont dit que j'étais un homme sans honneur.

Je sais que Omar m'approuve, il n'a besoin de rien dire.

13

— Qu'importe les mots, notre détresse est grande. Dans ce monde cruel, les roches éclatent sous l'effet de la chaleur, le désert nous entoure, les sables nous submergent et nous étouffent. La soif. Ni ombre ni pitié. Nos voix s'enrouent, et nos cœurs et nos bras se lassent de tant d'âpreté, de tant d'injustice. Un jour, nous remettrons en cause nos destins.

## 14

Peu de temps après mon mariage, je remarquai les fréquentes visites d'hommes revêtus de lourdes *kachabias,* aux allures furtives et mystérieuses. Ils discutaient quelque temps avec les hommes du douar puis disparaissaient. Un jour, trois d'entre eux s'encadrèrent à la porte de l'échoppe que le vieux cordonnier me légua à sa mort. Ils me saluèrent. Je leur souhaitai la bienvenue. Je les priai de prendre place sur la natte, mais ils refusèrent. Ils restèrent ainsi longtemps à me regarder travailler avant de se raviser et d'accepter de s'asseoir. Je remarquai alors qu'ils étaient tous trois armés de fusils qu'ils durent sortir de sous leurs *kachabias* et déposer sur leurs genoux pour se mettre à l'aise. Après un autre moment de silence attentif, l'un d'eux, qui semblait être le chef, s'adressa à moi. Il dit qu'il suffisait de me regarder travailler pour reconnaître l'excellent cordonnier. J'en fus très flatté. Il ajouta que là-haut, dans la montagne, on avait grand besoin d'hommes comme moi, parce que des chaussures solides et résistantes étaient pour eux une nécessité, que désormais les pataugas n'étaient plus en vente libre, qu'il fallait une autorisation de la police pour pouvoir en acheter une paire. Je répondis que je devais réfléchir à leur proposition. Ils n'insistèrent pas et convinrent de repasser me voir une semaine plus tard.

Mon père consulté haussa les épaules, les yeux

perdus dans le vallonnement des collines. Il ne daigna pas même me gratifier d'un regard. Il s'était progressivement désintéressé de mon sort. Pendant longtemps, il m'avait semblé, paradoxalement, qu'il me reprochait d'avoir accepté d'exercer le métier de cordonnier. Mon mariage avec Houria consomma la rupture. Quelques rares invités, ceux qui ne pouvaient pas refuser d'y assister. Au moment du henné traditionnel, nulle femme n'accepta de chanter les louanges de la fille déflorée. Personne ne vint recouvrir mes épaules du burnous blanc. Rires camouflés. Insinuations. Et cela continua après la cérémonie. Refus du salut matinal, économie de sourires, la solitude. Où étais-tu alors, père ?

Quand les trois hommes revinrent, je leur dis que j'étais prêt à partir avec eux. Ils hochèrent la tête, en signe d'approbation, ou de satisfaction, mais sans manifester le moindre étonnement, comme s'ils n'avaient jamais douté de mon accord. J'avais mis dans un sac mes outils de travail. Je leur demandai de m'attendre quelques minutes. J'allai voir mon père pour lui annoncer mon départ et lui confier la garde de ma femme. Un moment, je crus avoir distingué une vive lueur dans ses yeux.

— Tu peux compter sur moi, répondit-il.

Je me dirigeai ensuite vers la maison pour dire adieu à ma femme. Mais la chambre était vide. Houria m'avait vu la veille ranger mes outils dans le sac. En apercevant les hommes venus me chercher, elle s'était enfuie en pleurant. Je décrochai ma *kachabia* et sortis. Ma femme m'épiait à travers une haie de roseaux. J'approchai, elle recula. Son visage était baigné de larmes et elle sanglotait à petits coups.

— Je n'assisterai sans doute pas à la naissance de notre enfant.

Elle baissa la tête, et ses sanglots redoublèrent.

Je m'en allai.

Revenu auprès des trois hommes, je jetai mon sac sur l'épaule et nous nous mîmes en route. Nous marchâmes longtemps, et longtemps me poursuivit un visage baigné de larmes.

— A notre retour, nous proclamerons la fête et la fin des combats. Nous serons héroïques et simples. Nous ne parlerons pas du passé, ni de nos souffrances, ni de nos doutes, pas même à nos épouses quand la nuit nous réunira.

## 15

— Pourquoi as-tu accepté de suivre ces hommes ? demande Omar.

— Parce que là-haut, dans la montagne, ils avaient besoin d'un bon cordonnier pour leur fabriquer de solides chaussures.

## 16

Nous marchâmes longtemps à travers monts et forêts. Je me rendis effectivement compte de la nécessité de solides chaussures pour accomplir ce genre de parcours. Nous ne fîmes halte qu'à la nuit noire. Je tirai de mon sac deux galettes et une provision de figues sèches que je partageai avec mes compagnons. Le repas achevé, chacun de nous se recroquevilla dans sa *kachabia* et s'endormit. Nous reprîmes notre marche avec l'apparition du soleil. Vers midi, nous entrâmes dans une forêt très haute et très dense. Au bout d'un petit moment j'aperçus des constructions parmi les arbres. C'étaient de petites maisons de bois avec des toits de chaume. Il y en avait une trentaine. En entrant dans le campement, mes compagnons se dirigèrent immédiatement vers un tonneau d'eau pourvu d'un robinet. Tour à tour, nous bûmes longuement une eau étonnamment fraîche. Puis les deux hommes grognèrent un salut à mon adresse avant de s'éloigner, tandis que leur chef me faisait signe de le suivre. Il me mena vers une des habitations. Elle contenait plusieurs lits de camp.

— Ce sera ta place, me dit-il en me désignant l'un d'eux.

Il ressortit pour me guider vers une autre construction. Vide, celle-là.

— Tu travailleras ici, ajouta-t-il. Tu peux y déposer tes outils.

Et il s'éloigna à son tour. Je vis alors un barbu revêtu d'une tenue militaire s'approcher vers moi.

— Je te souhaite la bienvenue parmi nous, dit-il.

Je le remerciai. Il me demanda si j'avais besoin de quelque chose. Je répondis que je voulais commencer à travailler aussitôt que possible et qu'il me fallait du cuir et des clous.

— Nous avons pris contact avec un cordonnier de la ville. Les produits nécessaires ne vont pas tarder à arriver. En attendant tu peux t'entraîner au maniement des armes et au tir.

Je répondis que je ne souhaitais que faire mon travail. Il me jeta un long regard avant de s'éloigner. J'appris par la suite que c'était le commandant du camp.

Les baraques du campement, disposées en fer à cheval, délimitaient une cour au milieu de laquelle se dressait un mât qui portait un drapeau. C'était la première fois que je voyais cet emblème.

La vie dans le camp était strictement réglementée. Un horaire minutieux organisait nos activités. Nous nous levions le matin au signal de trois longs coups de sifflet. Puis nous nous rassemblions dans la cour pour assister à la levée des couleurs. On nous servait ensuite du café. Aussitôt après chacun rejoignait son poste. A midi nous déjeunions sur de longues tables en bois alignées dans un coin de la cour. Le travail reprenait immédiatement après la fin du repas.

On voyait souvent arriver des convois de mulets chargés de lourdes caisses d'armes et de munitions. Elles étaient stockées puis distribuées à d'autres hommes qui arrivaient par petits groupes, au hasard des jours. Une fois, un convoi amena plusieurs appareils cubiques munis d'antennes. Cela créa une vive effervescence dans le camp. Le commandant caressait ses moustaches de satisfaction. Un homme vint qui, pendant une dizaine de jours, apprit à un groupe la façon d'utiliser ces appareils. Il y eut aussi un médecin qui resta plus de six mois dans le camp.

On lui aménagea une salle de classe et il enseigna à des filles comment soigner les blessés. C'était merveille de voir la stricte ordonnance de la vie dans cette communauté. Tout s'y accomplissait le plus simplement du monde, les ordres s'exécutaient avec le minimum d'instructions, sans discussions inutiles, chacun vaquait à ses occupations sans surveillance ni contrôle. Les hommes étaient respectueux et fraternels. Jamais aucune algarade, même quand la nourriture venait à manquer. Au contraire, devant ces restrictions, les hommes redoublaient de fraternité et d'abnégation.

Un jour, à l'aube, des explosions nous réveillèrent en sursaut. Je sortis en courant de la baraque. Là-haut dans le ciel, une ronde d'avions déversait sur le camp un déluge de feu. Les bombes éclataient partout. Je courus vers la forêt pour me mettre à l'abri sous les arbres. Soudain, je perçus une grande douleur à l'épaule et un choc sourd au sommet du crâne.

Je m'évanouis.

## 17

Vingt-Cinq prétend avoir mis au point un minutieux plan d'évasion collective. Mais, affirme-t-il, plan malheureusement inapplicable. En raison de sa minutie d'une part, qui est telle que nous ne serons jamais en mesure d'en exécuter scrupuleusement les différentes phases, « étant donné nos caboches têtues de paysans incultes ».

Emergeant de sa douleur, Omar, ravi, ne perd pas une bribe du discours du vieillard.

— Votre inaptitude à assimiler la science et la technologie modernes est aujourd'hui irréfutable. On en a fait l'expérience. Grâce au pétrole, qui vous a permis d'ignorer la vertu de l'effort, fleurissent de gigantesques complexes industriels importés de l'étranger, mais qui restent à l'arrêt, car vous ignorez tout de la façon de faire fonctionner ces machines rutilantes. L'Administration le sait bien qui ne consent à vous confier qu'un travail dérisoire et vain. Vous nourrissez des poules, qui ne suffisent pas à vous nourrir. Et vous êtes contents de suer ainsi toute la journée, à vous faire mal au cul, comme si c'était vous qui pondiez les œufs. Vous êtes stupides, c'est la raison pour laquelle mon plan est irréalisable.

L'Ecrivain s'est endormi. Omar est désormais seul à écouter. Il jubile devant les affirmations provocatrices de Vingt-Cinq.

— Irréalisable, parce que, d'autre part, sa bonne exécution nécessite une complicité extérieure. On ne manquera pas alors de nous taxer d'agents de l'Etranger. Et nous serions passibles des pires condamnations. Le plus simple est de rester coi, de laisser l'Administration procéder à l'ablation de nos couilles, d'applaudir aux discours des Sioux et de voter oui lors de toutes les consultations électorales.

## 18

Quand je revins à moi je me rendis compte que je me trouvais à moitié enseveli sous un tas de terre et de chaume. Lentement, j'essayai de me dégager. Mon premier geste provoqua une fulgurante douleur à l'épaule gauche. Je l'examinai. Elle était recouverte d'une terre humide de sang. Péniblement, je me relevai, évitant de remuer le bras. Je sentis un bourdonnement dans ma tête et ma vue se voila. Je dus m'accroupir un instant. Puis je me redressai à nouveau. Je promenai mon regard autour de moi. Le camp était totalement ravagé. Plus rien ne tenait debout. Des corps gisaient çà et là. J'allai lentement de l'un à l'autre : aucun survivant. Que sont devenus les blessés ? Ont-ils été évacués ? Par qui ?

Je m'éloignai de ce champ de ruines et de morts pour aller m'adosser contre le tronc d'un arbre sous la forêt. Je restai longtemps ainsi, immobile, et la douleur à l'épaule se fit moins lancinante.

Je ne savais que faire ni où aller.

A la tombée de la nuit, je me recroquevillai au pied de l'arbre et m'endormis. A l'aube, le pépiement des oiseaux me réveilla. Je me relevai et me mis à marcher face au soleil levant.

Je marchai longtemps. Tout le jour. Une grande partie de la nuit. Sans manger et sans boire. Le sang s'était remis à couler de la blessure. Ma faiblesse se conjuguait à l'immense lassitude qui m'envahissait. Ma marche devenait plus pénible. Mes pas moins assurés. Je trébuchais de plus en plus fréquemment.

Au milieu du deuxième jour, à bout de force, les tempes bourdonnantes, je m'écroulai au bord d'un petit ruisseau. Je dus rester longtemps ainsi, étendu sans connaissance. Une soudaine fraîcheur sur mon visage me réveilla. Ma première conscience perçut le doux murmure du ruisseau. J'ouvris mes yeux sur le visage d'une fille occupée à passer un linge humide sur mes tempes et mes lèvres. Elle me souriait sans mot dire. Je voulus parler, l'interroger, mais elle posa sa main sur ma bouche. Deux hommes vêtus de blanc arrivèrent. Avec d'infinies précautions, ils me soulevèrent pour me déposer sur un brancard. La fille se mit à marcher à mon côté en me tenant la main. Elle n'arrêtait pas de me sourire. Le ruisseau et une haie de buissons franchis, une magnifique vallée se découvrit à ma vue. Elle était verdoyante, alors que partout alentour dominait l'ocre de la terre desséchée. Un grand quadrilatère de bâtiments blancs apparut à un détour du chemin. La construction encadrait un vaste jardin planté d'arbres et de fleurs. Pénétrant dans l'enceinte, je sentis une étrange brise, venue on ne savait d'où, caresser mon visage. Dans le feuillage des arbres pépiaient des oiseaux, des millions d'oiseaux, et l'amplitude de ce chant ininterrompu absorbait les voix et tous les autres bruits, comme celui des pas de mes brancardiers sur le gravier de l'allée.

On me déposa sur un lit dans une petite salle totalement blanche. Une infirmière survint dont les ciseaux habiles et diligents découpèrent mes vêtements. Puis le médecin arriva et se mit à examiner mon corps nu. Il observa longuement ma blessure à l'épaule et fit la grimace.

— Vieille blessure, fit-il. J'espère qu'elle n'est pas atteinte par la gangrène. Sinon il faudra amputer.

Il m'importait peu de perdre mon bras. Par la fenêtre ouverte me parvenait le chant des oiseaux. Derrière l'épaule du médecin, l'infirmière qui m'avait découvert me regardait en souriant.

Je m'endormis.

## 19

Posé en plein terrain vague, parmi le chiendent exubérant et les sachets de plastique, comme un rêve incongru, le lavabo modèle brille de tous ses feux, glace, formica et chromes rivalisant d'éclat sous le soleil, symbole du proche avenir super-hygiénique à nous promis. L'exposition a été entourée d'un grand tapage publicitaire.

— Vous pouvez ainsi constater que la sollicitude des autorités à votre égard n'est pas un vain mot, a affirmé l'Administrateur. Nous tiendrons toutes nos promesses. Bientôt, vous verrez partout surgir des villes nouvelles, et toutes vos villas seront équipées de ce même type de lavabo, dernier cri de la technique moderne.

Il y a même eu un Sioux venu expliquer à la population la façon d'utiliser cet équipement sanitaire.

La curiosité des gens émoussée, l'appareil est resté seul au milieu du terrain vague. Rachid s'est alors approché à pas de loup. Il s'est longtemps perdu dans la contemplation de son image. Puis il s'est mis à manipuler les robinets. Mais il a dû se rendre à l'évidence. Il est revenu vers nous en grognant de fureur.

— A quoi bon exposer ainsi ce miracle inutile ?

— Hé ! T'attendais-tu à voir couler l'eau ? demande Omar.

Un Sioux aux allures furtives s'approche du lavabo. Il surveille l'alentour désert avant de se laisser prendre à son tour au piège du miroir. L'idée germe lentement sous la casquette. Revenu de son immobilité, il sort un peigne et se coiffe les cheveux. S'observe un moment, apparemment satisfait du résultat obtenu. Il recule alors d'un pas et, d'un violent coup de tête, fracasse le verre argenté. Puis il choisit et détache un morceau grossièrement rectangulaire dont il affine la géométrie en en brisant les arêtes sur les rebords chromés du lavabo. Il se contemple à nouveau dans son miroir de poche avant de s'éloigner en cachant son petit trésor.

## 20

En me réveillant, je me retrouvai dans une grande salle blanche contenant une dizaine de lits alignés de part et d'autre du mien. Des malades en pyjama discutaient entre eux. Je m'aperçus que mon bras n'avait pas été amputé. Un énorme pansement couvrait mon épaule. Une calotte blanche ornait le sommet de mon crâne.

Peu de temps après mon réveil, je vis arriver mon infirmière accompagnée d'un homme à la mine austère, qui ne portait pas de blouse blanche et qui, visiblement, dut se forcer pour m'adresser un sourire. Il tenait à la main un carnet et un stylo.

— Votre nom ? me demanda-t-il.

Je ne souhaitais pas lui répondre, et je tournai mon regard vers l'infirmière comme pour la prier de chasser cet homme. Mais elle me serra la main pour me rassurer et me dit que je devais lui répondre.

— Votre nom ? répéta l'homme d'un ton plus abrupt.

Je fus pris de panique, car je ne m'en souvenais plus. Je finis par le leur avouer. L'homme tiqua et attendit les explications nécessaires. Je sentais le ridicule de ma situation, mais je n'avais rien à ajouter. Mon infirmière elle-même fronçait les sourcils.

— Enfin, dit l'homme, ce n'est pas possible.

Je lui répondis que je ne me souvenais de rien, que je m'étais simplement réveillé, comme au premier jour de ma vie, dans un camp totalement dévasté, et que j'avais longtemps marché avant d'arriver ici.

Il hocha longuement la tête.

— Dans ce cas, vous ne pouvez pas rester ici.

Je lui demandai pour quelle obscure raison je fus admis dans cet étrange hôpital pour me voir maintenant menacé d'en être exclu.

— Je dois avoir votre nom, votre filiation et votre nationalité. C'est obligatoire.

Devant l'impasse, l'infirmière attira l'homme à l'écart pour engager avec lui une discussion à voix basse mais très animée. L'homme s'obstinait, la fille insistait. Finalement, le porteur du carnet s'éloigna en marmonnant, non sans m'avoir jeté un dernier regard, peu amène. Je me rendais compte qu'il était très ennuyé de ne rien pouvoir inscrire sur son cahier. Mais je ne pouvais pas l'aider.

Mon infirmière revint vers moi, le sourire aux lèvres.

— Ce n'est pas un méchant homme, me dit-elle. Mais il doit faire son travail. De grands dangers menacent cet asile, et nous devons nous montrer vigilants.

Je m'inquiétai des futures manœuvres de cet homme. Elle me rassura. Je me détendis alors, me préparant à m'endormir à nouveau.

Elle ajouta :

— On va vous faire des transfusions. Vous êtes très faible, car vous avez perdu beaucoup de sang.

Je souris sans répondre.

## 21

— D'où vient le sang ?

— D'autres hommes.

— Des hommes donnent leur sang à d'autres hommes ?

— Oui.

— Comme c'est étrange.

## 22

Le directeur de l'hôpital, tête baissée, tapotait de son stylo le bois de son bureau. Il avait l'air ennuyé. Je me tenais debout devant lui, les mains jointes.

— Normalement, fit-il, maintenant que tu es guéri, tu dois quitter l'hôpital. Mais beaucoup de gens sont venus me voir pour me demander de te garder, car, disent-ils, tu ne sais où aller. Je n'ai aucun poste budgétaire disponible qui me permettrait de te fournir un emploi rémunéré. Alors, je ne peux te proposer que la chose suivante : tu t'occuperas du jardin et en échange tu seras nourri et logé. C'est tout ce que je peux faire.

Je le remerciai avec effusion et sortis.

J'ai lu de la joie dans les yeux de mon infirmière qui m'attendait pour connaître le résultat de l'entrevue.

L'homme au carnet et au stylo clamait partout que j'étais un simulateur, menaçait d'écrire aux autorités, et quand il me rencontrait, refusait de répondre à mon salut. On me fournit un costume de travail et quelques outils. Je commençai aussitôt. Je soignais les arbres et taillais leurs branches qui abritaient les oiseaux chanteurs. Je prenais bien garde à ne pas déranger les nids. Je nettoyais les mauvaises herbes et arrosais les fleurs qui retrouvèrent rapidement une nouvelle jeunesse. J'aménageai un petit carré pour y cultiver des légumes que je distribuais à la femme du directeur, aux médecins, aux infirmières. L'homme au carnet et au stylo ne voulait rien accepter de moi. Comme il y avait beaucoup d'eau, je réussissais à obtenir de très beaux plants de salade, aux feuilles tendres et fournies. Il ne refusa pas mes salades. Comme pour s'excuser, il me dit que c'était pour sa femme qui était malade et avait besoin de suivre un régime alimentaire. Je hochai la tête. Mais je cultivais surtout des fleurs. Des fleurs de toutes sortes. Des roses, des œillets, des glaïeuls, des tulipes, des jonquilles, des géraniums. Au bout de peu de temps, la cour de l'hôpital en fut complètement transformée. Les gens étaient très contents. Le directeur disait que le paradis devrait ressembler à la cour de cet établissement.

Je vécus ainsi plusieurs années, serein et calme, entouré de gens amicaux et fraternels. J'y aurais volontiers passé le reste de mon existence.

Mais il a fallu que le malheur survienne.

Un jour, comme pris de folie, les oiseaux descendirent des branches des arbres et se mirent à picorer les fleurs. En un instant le jardin fut ravagé. Puis les oiseaux s'envolèrent et disparurent. L'hôpital tomba alors dans un silence sépulcral. Ce fut ce jour que je recouvrai la mémoire. J'en informai mon infirmière et racontai mon histoire au directeur qui conclut :

— Il est temps pour toi de retourner dans ton pays, de retrouver ta femme et ton enfant.

Je hochai la tête. Je savais qu'il ne m'était plus possible de rester là-bas. La mémoire nous resitue dans notre condition humaine et, avec nos racines, nous retrouvons le goût des ambitions. Les peuples devraient brûler tous les livres d'histoire.

Je remerciai le directeur pour tout ce qu'il avait fait pour moi. Il répondit que tout le personnel de l'hôpital allait regretter mon départ.

Le directeur m'acheta un costume de ville et les médecins et les infirmières se cotisèrent pour me constituer un petit pécule en vue du voyage. J'en fus très touché. On décida que je devais partir le surlendemain de façon à profiter de la camionnette qui allait chaque lundi à la ville pour approvisionner l'établissement. Le directeur me fit un papier pour me permettre de traverser la frontière.

Le jour de mon départ tout le personnel vint me souhaiter bon retour au pays. Mon infirmière, restée à l'écart, souriait et pleurait à la fois. Je ne savais que lui dire. Les mots me manquaient.

# 1

Pour bien nous narguer et nous montrer la vanité de notre labeur quotidien, les poules se sont mises en grève. Elles refusent de pondre des œufs. Les hommes en sont restés les bras ballants. Omar grogne de rage.

— Nous savions déjà problématique le résultat de nos efforts. Qu'allons-nous faire maintenant ?

Devant ce chômage technique imprévu, l'Administration s'est émue. Elle nous a assuré que nous n'aurions pas à souffrir de cet état de fait somme toute indépendant de notre volonté. Elle a promis de réaliser rapidement un vaste programme d'importation d'œufs, directement d'Espagne. Au fond, affirme-t-elle, cette grève est une bonne chose, et notre situation sanitaire ne pourra que s'en trouver améliorée, car il est démontré que les œufs importés sont de meilleure qualité que les œufs nationaux. Ils sont plus ronds et plus blancs. On nous en a fait la démonstration à la télévision. L'Administration nous a assuré qu'il n'y aurait pas de représailles : le droit de grève est reconnu par la Constitution. Mais elle a décidé d'égorger toutes les poules, pour améliorer notre ordinaire, et, dit-elle, parce que ces animaux n'ont plus de raison d'exister.

— On veut faire de nous des bouchers, proteste Omar.

Devant cette perspective de chômage généralisé, une vive effervescence a gagné la population. Un comité de négociation a été désigné, avec Vingt-Cinq comme porte-parole, en raison de sa qualité de doyen d'âge. Alarmé, l'Administrateur a reçu sur-le-champ la délégation. Vingt-Cinq a commencé par réclamer une augmentation de salaire. Qui fut accordée sans discussion.

Au retour, Omar a critiqué l'intérêt de cette revendication.

— C'est pour mieux nous ridiculiser et nous démontrer que les salaires servis ne sont qu'une aumône déguisée, sans aucune relation avec le travail fourni. De plus, ils sont assurés de nous rouler à tous les coups. Ils ont peur des ouvriers, et sont bien contents de pouvoir les calmer avec des augmentations de salaire. On évacue ainsi les vrais problèmes. Mais dans peu de temps les prix augmenteront aussi, et on se retrouvera au point de départ. C'est un marché de dupes.

— Que pouvions-nous faire ? demande Vingt-Cinq.

Omar se tait. Il se sait pris au piège.

Le vieillard a aussi réclamé l'ouverture d'un bordel. L'Administrateur a refusé, arguant de la pénurie de main-d'œuvre qualifiée dans ce secteur. Rachid le Sahraoui a suggéré de rembaucher les anciennes putains, mises d'office à la retraite anticipée, à la fleur de l'âge. Acculé, l'Administrateur s'est montré très cassant, refusant la discussion. Il n'a rien accordé.

Sur le chemin du retour, Rachid n'a pas cessé de fulminer.

— On ferme tous les bordels du pays, puis, naïvement, on s'étonne devant le développement de l'homosexualité dans les casernes et dans les lycées. L'homme nouveau de leur rêve doit-il être asexué ou hermaphrodite ?

En raison de son âge sans doute, Vingt-Cinq est plus serein. Rachid le soupçonne de n'avoir pas défendu cette revendication avec la conviction nécessaire. Le vieillard écarte d'un geste de la main les objections de son ami et se lance dans un long monologue.

— La fermeture des bordels est un coup dur pour les adolescents des villes. Ceux de la campagne peuvent mieux se débrouiller. Ils ont à leur disposition quelques animaux pour assouvir leur ardeur. Il y a d'abord l'impudique chèvre, avec son petit bout de queue relevée découvrant son sexe, comme pour une constante invite. C'est un animal bien commode, parce qu'il est de petite taille, donc accessible aux plus jeunes. Mais c'est une bête très remuante. Difficile de l'immobiliser. Son poil lustré glisse entre les doigts. Pour bien faire, il faut être à deux : l'un la tenant pendant que l'autre besogne. Son vagin est très chaud. Quand on la pénètre, on a l'impression que le sexe va brûler. Cela aide à éjaculer plus vite.

La vache est un animal plus tranquille. Mais bien grand. Il faut souvent construire un petit échafaudage pour l'atteindre. Il convient donc de la baiser avec retenue, sans excessive manifestation, de crainte qu'un faux mouvement ne vienne rompre le fragile équilibre.

La meilleure est sans doute l'ânesse. Elle est à la hauteur correcte. Son vagin est étonamment petit quand on songe qu'il doit accueillir l'énorme verge de l'âne dont la vue, aux moments de rut de l'animal, a toujours fait pâmer de concupiscence nos vierges nubiles. Cependant, il convient de pratiquer l'ânesse avec prudence, car elle peut vous décocher en traître un méchant coup de sabot ou vous inonder par un déluge d'urine.

Les gens entourent les membres de la délégation pour s'informer des résultats de l'entrevue. Mais, profitant de cette audience inespérée, Vingt-Cinq préfère égrener ses souvenirs. Seul Rachid essaie de leur rendre compte en sourdine. La rage de Omar ne s'est pas apaisée.

— Même nos représentants les plus démocratiquement élus nous trahissent. Sitôt confirmés dans leur responsabilité, ils tournent le dos à nos préoccupations. Ils recherchent l'honorabilité. L'Administration l'a bien compris, qui les flatte et leur fait montre de respect et de considération dans le but de les amener à devenir raisonnables, ce qui est le début de la compromission.

Vingt-Cinq est tout à ses souvenirs, mais Rachid se montre attentif aux propos du garçon.

— On ne cesse de dénoncer ces nuées de flagrantes injustices. Mais qui saura prendre les moyens d'agir ?

## 2

— Mes deux grands-pères, maternel et paternel, avec leurs quinze fils, tous mariés et pères d'une nombreuse progéniture, plus les filles, encore plus fécondes, qui avaient préféré, lors de leurs épousailles, ne pas quitter le giron familial et avaient ramené leurs maris, sans compter les répudiées, les veuves innombrables, au parler et au comportement impudiques, mes deux grands-pères avaient décidé d'établir dans un coin de vallée, loin des villes, leur tumultueuse descendance. Mon grand-père maternel possédait une ânesse qu'il utilisait pour ramener du bois de la forêt et pour se rendre hebdomadairement au souk du village le plus proche. En hiver, elle passait la nuit dans une petite écurie, parmi les chèvres et les moutons, mais à la belle saison il la laissait dehors, sur une petite aire, à quelques pas de notre maison.

« Je profitais de cette proximité pour lui rendre de fréquentes visites nocturnes. Mais il fallait se montrer prudent : l'ânesse comptait de nombreux amants parmi la nuée de cousins. D'un tacite accord, nous étions convenus de ne pas nous dénoncer, le tard-venu devant se défiler sans bruit s'il trouvait l'ânesse occupée.

« *Merveilleuse entente, fondée sur le sexe hospitalier de l'ânesse ! Notre système était magnifique, car nul ne songeait à en remettre en cause les options fondamentales. Nous pensions bien gardé le secret de nos conventions, et par conséquent assurée l'approbation populaire.*

« Nous nous trompions.

« Depuis longtemps déjà, nos chaudes cousines avaient éventé la combine et s'amusaient souvent à épier nos amours nocturnes. Ces scènes les laissaient dans de cruelles excitations.

« Fatima, la fille de mon oncle maternel Saïd, était une fille ronde et dodue. Elle avait des fesses qui me faisaient rêver la nuit. En pratiquant l'ânesse, je fermais les yeux pour aider mon imagination à remplacer entre mes bras l'animal par la fille. La jouvencelle cultivait l'insolence, m'abreuvait de quolibets à chacune de nos rencontres, faisait mine de douter de ma virilité, et je baissais la tête, ne pouvant lui répliquer en présence de mes sœurs.

« Une nuit, alors que j'étais en pleine besogne, elle surgit brusquement devant moi. Je tentai stupidement de cacher mon sexe.

« “ Tu peux me faire la même chose ? ”

« L'histoire aurait pu en rester là. Fatima n'aurait eu aucune peine à berner son benêt de futur mari, le jour de ses noces, en faisant éclater, au moment opportun, le petit boyau plein de sang que de sinistres vieilles, averties des réalités de la vie, venaient régulièrement proposer à nos trop tendres cousines. Mais elle revint me voir plusieurs fois. Un jour, elle m'apprit qu'elle était enceinte. Pour éviter un bain de sang, je quittai la famille.

« Fatima accoucha le même jour que l'ânesse.

## 3

J'étais bien content de rentrer au pays. Une vive allégresse hâtait mes pas, à la descente du train. Il faisait chaud et j'ôtai ma veste. Je marchais sans rencontrer âme qui vive sur mon chemin. Les campagnes semblaient désertes. Les champs de vigne qui autrefois verdissaient le flanc des collines avaient disparu. La terre restait en friche et je me demandai pour quelle obscure raison les paysans refusaient désormais de la cultiver.

Après un détour du chemin mon douar natal m'apparut. Rien n'avait changé parmi ces masures plaquées sur le flanc de la colline et une grande bouffée de tendresse envahit mon cœur. Un instant, j'eus envie de couper à travers champ pour courir me précipiter dans les bras de ma femme. Mais je sentis que cela aurait manqué de dignité. Une pudique retenue est le corollaire de la virilité de nos hommes. Je refrénai mon désir et me dirigeai à pas lent vers l'entrée du douar pour que tous les vieux de la *djemaâ* pussent me voir et me saluer. A mon approche, deux hommes armés de fusils de chasse se levèrent. Ils me saluèrent poliment et s'enquirent de la raison de ma venue. Je leur appris que j'étais le fils de Mohamed et que je revenais au pays après de longues années d'absence. Ils répondirent qu'ils ne me connaissaient pas et que je ne pouvais pas entrer au douar. Je leur demandai la cause de cette interdiction.

— Aucun étranger ne doit pénétrer dans le douar.

Soudain, un groupe d'hommes, débouchant de la place, arriva sur nous. Quatre d'entre eux portaient un cercueil. Nous nous reculâmes pour leur laisser le passage. Quand le cortège se fut éloigné, je me retournai pour regarder le cimetière, niché au creux de la vallée. Il grouillait d'une foule bigarrée qui allait et venait parmi une dizaine de tombes ouvertes.

— Que se passe-t-il ici ? leur demandai-je.

Ils me répétèrent que je ne pouvais pas aller plus avant. Comme j'insistais et commençais à m'agiter, un des deux hommes releva le canon de son arme vers ma poitrine. En dépit du geste menaçant, je ne lus aucune hostilité dans son regard, mais une immense lassitude, comme s'il se contentait d'appliquer une vieille consigne mystérieuse et nécessaire.

— Puis-je voir mon père ?

Après une courte réflexion, l'un d'eux répliqua :

— Il est là-haut, au sommet de la colline. Tu peux y aller, à condition de contourner le douar.

Je les quittai sans les saluer.

Mon père était en train de labourer son petit lopin de pierrailles. Le cheval qui tirait la charrue était si maigre et si chétif qu'à chaque pas on craignait de le voir s'effondrer. L'homme qui tenait les manches de l'outil n'avait pas meilleure mine. C'était miracle de les voir, l'un et l'autre s'arc-boutant pour rassembler leurs forces, parvenir à tracer un sillon hasardeux.

La charrue eut soudain un brusque sursaut et les manches échappèrent des mains de l'homme qui trébucha et se retrouva sur les genoux.

J'étais debout auprès de lui.

L'homme, accroupi, observait avec une immense tristesse le soc brisé de sa charrue. Il avait envie de pleurer. Comme, de rage impuissante, pleurent les hommes dépossédés de leur outil, et qui doivent rester les bras ballants.

Il finit par relever la tête dans ma direction.

— Tiens, fit-il en se redressant, c'est toi ?

Il avait terriblement vieilli, comme si pendant mes années d'absence il avait dû vivre son temps et le mien. Ses moustaches avaient blanchi. Je fus bien triste de le voir occupé à user le peu de forces qui lui restaient dans l'espoir de tirer une maigre subsistance de cette terre ingrate.

— Tu as beaucoup vieilli, lui dis-je.

Je fis un pas pour l'embrasser, mais il ne bougea pas et je n'osai pas achever mon geste.

— Comment ça va au pays ? demandai-je.

— Tout le monde te croit mort, éluda-t-il.

Puis il se tourna à nouveau vers sa charrue brisée.

— C'est la deuxième fois cette semaine. Cette terre est infestée de rocaille. On a l'impression qu'elle nourrit la pierre au lieu de l'orge semé. J'ai beau redoubler d'attention, il y a toujours une pierre traîtresse qui vient heurter le soc. Il va falloir arrêter le travail, emprunter un âne et emmener la charrue chez le forgeron. Il ne sera pas content. Je ne l'ai pas encore payé pour la dernière réparation. Il va faire traîner les choses. Et si la pluie se met à tomber, le labour est fichu.

— Je vois que rien n'a changé, lui dis-je.

Il me lança un regard étonné, comme s'il venait à peine de découvrir ma présence.

— Tu te trompes. Beaucoup de choses ont changé.

Un instant, il eut envie d'ajouter quelque chose, mais se ravisa et se tut.

— Pas ici, pas pour toi, complétai-je.

Je le questionnai sur les deux hommes armés qui m'interdirent l'entrée du douar. Il demeura longtemps silencieux.

— Une terrible malédiction pèse sur les membres exilés de la tribu. Beaucoup sont morts pendant la guerre. D'autres nous ont quittés pour devenir des vagabonds, des commerçants, ou des employés dans les administrations. Et, régulièrement, d'étranges maladies viennent éclaircir nos rangs déjà clairsemés. Tu ne dois pas pénétrer dans le douar. La malédiction ne manquerait pas de s'abattre sur toi aussi.

Je lui répondis que je voulais voir ma femme.

— Ta femme nous a quittés. Un jour, elle est partie en emmenant ton fils.

— Où est-elle allée ?

— Je ne sais pas. Je ne veux pas le savoir. Elle a rejeté la protection parentale.

Il me scruta longuement et ajouta :

— Ces Temps Modernes ont bouleversé bien des choses. Je ne suis qu'un pauvre paysan. Je ne peux pas comprendre. Toi, tu comprendras, peut-être.

Puis il ajouta que je devais aller à la mairie pour régulariser ma situation, car tous me croyaient mort.

— Ton nom est inscrit dans le monument aux morts du village.

Puis, comme à regret, il acheva :

— C'est ton cousin Ahmed, le fils de Messaoud, de la branche d'en haut, qui est le maire.

Je fixai longuement mon père. Il y avait une grande tristesse dans ses yeux. Je compris que depuis longtemps il avait perdu tout espoir. En la vie. En sa descendance. En l'avenir de la branche exilée de la tribu.

Il tourna le dos et me laissa partir sans même un geste d'adieu. Je ne devais jamais le revoir.

## 4

— La malédiction ! clame Vingt-Cinq.

Il est debout sur le seuil de la porte, prophétique, barbe au vent, et menace de sa canne l'obscurité du ciel.

— La malédiction !

Encore ivre ? Une réelle frayeur se lit pourtant dans ses yeux. C'est l'heure intime où l'homme oublie ses vanités pour se retrouver face à ses craintes.

Omar se balance d'un pied sur l'autre, hésitant entre la colère et la pitié. Il choisit de rassurer le vieillard.

— Nos populations ont toujours recherché une quelconque malédiction à l'origine des catastrophes et fléaux naturels. Tout a un sens. Le mal ne peut être gratuit. Il est pourtant des faits qui sont le résultat d'une nécessité ignorée, la simple conséquence de lois physico-chimiques ou biologiques qui régissent le monde et la vie. Il n'y a aucune malédiction, vieillard. Il s'agissait sans doute d'une épidémie de choléra, qui, à cette époque, a ravagé beaucoup de nos villages. De rien d'autre.

— Pourquoi m'ont-ils interdit l'entrée ?

— Pour t'éviter tout risque de contagion. Hommes désolés et fraternels, ils ne t'ont renié que pour te préserver.

Vingt-Cinq n'est pas convaincu. Il parle d'une femme aux cheveux dénoués.

## 5

Sur mon chemin vers le village, j'empruntai un pont flambant neuf, large et solide, campé avec assurance sur ses piliers, avec l'arrogance d'un homme aux ambitions réalisées. En me penchant au-dessus du parapet, je m'aperçus qu'il n'enjambait pas le moindre filet d'eau. Je me demandai pourquoi la rivière était morte.

— N'y a-t-il plus de pluie au pays ? Les sommets des montagnes refusent-ils les neiges de l'hiver ?

Le lit asséché servait de dépotoir. Des camions énormes venaient y déposer des montagnes d'ordures. Un vieillard était assis à l'ombre du pont.

Je descendis le saluer. Je lui demandai pourquoi on construisait des ponts sur des rivières mortes.

— Des planificateurs arrogants et lointains ont quadrillé leurs cartes de traits rectilignes et puissants, à l'encre de Chine, indélébile, de façon à rendre leurs projets définitifs et l'option irréversible. Des engins étrangers sont venus éventrer nos collines afin de tracer la ligne droite requise. Mais le fleuve coulait ailleurs, serein et libre. Ils ont maintenu que son cours se trouvait à l'endroit exact de leurs calculs, et ont entrepris de le détourner pour confirmer leurs dires.

Je lui demandai ce qu'il faisait sous le pont.

— Les hommes et les oueds de ce pays se ressemblent : ils ne connaissent pas la mesure, ils sont à sec ou débordent. J'attends la crue imprévue, irrésistible et violente, qui viendra balayer tous ces monceaux d'immondices.

## 6

— Notre peuple est un peuple sain, affirme l'Administrateur. Les maladies qui sévissent actuellement dans ce pays ont été importées de l'étranger. Avec les frigos, l'inflation, la télévision en couleurs, l'habitude de consommer du gruyère et de porter des mini-jupes. Nous ne cesserons de déployer les plus grands efforts en vue de préserver nos populations de ces fléaux. Nous serons impitoyables dans la mise en œuvre des mesures prophylactiques, car nous ne saurions surestimer le danger de ces affections terriblement contagieuses.

« Il en est qui, comme la grippe, nous viennent de la lointaine Asie, par voies détournées, et se transmettent par voie orale. C'est pourquoi nous interdisons les attroupements sur la voie publique et la constitution d'associations.

« D'autres, plus dangereuses encore, nous arrivent de l'Occident, comme la syphilis. Aussi loin que l'on remonte dans l'histoire de ce pays, on ne trouve pas trace de cette maladie chez nous. Certains mauvais esprits affirment qu'elle a de tout temps existé, mais que les peuples antiques la confondaient avec la lèpre, parce qu'elle provoque des chancres et des lésions cutanées. Cette thèse est ridicule. Nous savons de science certaine que la syphilis a été rapportée par les marins de Christophe Colomb de retour de leur voyage aux Antilles où ils s'étaient livrés à d'interminables fornications avec les belles aborigènes. Elle s'est propagée à partir d'Espagne dans toute l'Europe à la faveur des guerres qui ravageaient ces pays à cette époque. Le bidasse en campagne est un vecteur idéal de transmission.

« C'est une maladie pernicieuse, car elle se transmet par le sexe. C'est la raison pour laquelle nous déconseillons la pratique des mariages mixtes, qui ne servent qu'à propager dans notre pays le dangereux tréponème.

« La syphilis est une maladie de la dépravation. Elle sévit chez les homosexuels et dans les maisons closes. Vous comprenez maintenant pourquoi je ne pouvais faire suite à votre demande d'ouverture d'un bordel.

« La syphilis est l'archétype des maladies de notre siècle. Avec la mise au point des antibiotiques, on a cru pouvoir l'éradiquer rapidement. Les statistiques des dernières années montrent pourtant une nette recrudescence de cette affection dans tous les pays du monde. On s'en étonne : cela n'est que la conséquence de la permissivité des sociétés modernes. La science est impuissante devant la perversion de l'homme.

« Nous avons la ferme intention de vous préserver de ces fléaux, ainsi que d'autres maladies, bien plus dangereuses encore, qui, comme la grippe et la syphilis, ont des évolutions insoupçonnées, et finissent toujours par agir dans la tête des populations.

« L'ablation de vos couilles vous préservera à tout jamais de ces affections malignes. Cela n'est d'ailleurs qu'une première étape. Faites-nous confiance, nous vous préparons des lendemains mirifiques.

## 7

— Ho ! l'étranger !

Debout sur le talus, énorme, sa silhouette noire se découpant sur le ciel, les pans de son manteau battus par le vent, le visage mangé par une barbe et des cheveux longs, l'homme me désignait de son long bâton. Ses yeux lançaient des éclairs.

— Où vas-tu donc, étranger, de ce pas martial

et fier, ta crête sur la tête comme un coq de basse-cour ? As-tu quelque motif d'orgueil pour marcher ainsi la poitrine gonflée comme si tu visitais tes domaines ou te promenais en pays conquis ? Nous reviens-tu des pays d'Orient, les yeux brûlés de lumière et les soutes de tes navires emplies des soies les plus rares, des épices les plus recherchées et des plus belles esclaves ? Non, tu n'es pas un marchand, en dépit de ton stupide optimisme. Serais-tu un guerrier, pour nous revenir couvert de poussière et de gloire de lointains champs de bataille ? Non, il y a longtemps que les combats sont finis. Alors, étranger, qu'est-ce qui justifie ta fierté ? Ne sais-tu pas que les hyènes ont envahi la ville et contrôlent toutes les rues ? Ils ont acheté les consciences et corrompu les autorités. Je les ai tous repérés, en observateur lointain mais vigilant, et je ne cesserai pas de les dénoncer. Je suis seul à rester insensible à leur boniment. Ils excitent contre moi les enfants et complotent pour m'envoyer à l'hôpital. Mais je saurai déjouer leurs ruses, même si ma raison m'abandonne.

« Alors, étranger, quelle est la raison de ton fol optimisme ? Ne vois-tu pas que la pierre se fend devant l'injustice des hommes ?

L'homme m'observa en hochant la tête, puis reprit à voix basse :

— Que viens-tu faire ici, revenant ? Ta place est là-bas, dans le cimetière, comme ton nom est sur le monument aux morts.

— Tu me connais donc ?

— Je refuse de te connaître. Dans ce village, on

persécute les vagabonds de ton espèce. Tu ferais mieux de passer ton chemin.

— Qui es-tu ?

Mais il détourna la tête et s'en fut à grands pas. Je le hélai à plusieurs reprises. Sans se retourner, il m'adressa un grand geste obscène et disparut à un détour de la route.

## 8

Huit heures. Vautré sur le dos dans la poussière de la cour, Rachid défie le soleil. Il le fixe sans cligner des yeux, s'amuse des points lumineux qui naissent sous ses paupières et lui adresse à voix basse de longs monologues, confidentiels ou mystérieux. Il ne s'interrompt que pour abreuver d'insultes les hommes qui passent à sa portée. Un bruit de talons féminins. Est-ce l'heure ? La tête se redresse avec les mouvements rectilignes et la rigidité d'un mécanisme. Autruche en émoi. La secrétaire de l'Administrateur passe. Son regard glisse à fleur d'objet, blasé par le rituel quotidien. On voit de loin Omar déboucher d'un bosquet. Rachid est figé dans la contemplation. Il n'ose même pas respirer. Enfin, il éclate :

— Ah ! misère du monde ! Comment peut-on laisser ce miracle ignoré du Prophète se mouvoir parmi la triste contingence de ce monde ? Je boirai toute la poussière de la cour pour éviter que la moindre particule n'allât souiller cette peau blanche et diaphane. Sa bouche doit fondre sous les baisers. Je l'écumerai tout entière, sans l'achever jamais, à la recherche de son goût de sel. Il suffit d'un geste pour consommer le désastre. Mais il faudrait auparavant lapider le soleil, et mes bras restent ballants. Ver de terre et papillon, la distance est énorme, et les discours de nos idéologues n'y pourront rien changer. Alors, pourquoi ne pas étaler les cartes, et dire franchement ce qu'il en est ? Nous saurons en prendre notre parti, malgré notre dépit, et nous nous consolerons en exaltant nos vertus.

Les yeux enfin fermés, Rachid lutte contre l'amertume et le sommeil qui le gagnent. Mais il perçoit les pas furtifs d'Omar.

— Alors ? lui lance-t-il.

Le garçon revient sur ses pas, se plante au chevet de Rachid et demeure immobile, indécis. Il promène son regard alentour, les paupières à demi fermées pour protéger ses yeux de la luminosité ambiante.

— Ote-toi de mon soleil, crie Rachid.

Omar ne bouge pas.

— Le soleil et moi, nous avons un vieux compte à régler. Un jour, je lui ferai rendre gorge.

Omar s'éloigne pour aller s'accroupir à l'ombre d'un arbuste. Rachid se relève et va le rejoindre.

— Aïouah ? demande-t-il.

— Quoi ?

— Dieu du ciel, dis-moi au moins son nom !

— Mauricette.

— Grand Dieu ! Comment peut-on avoir pareil prénom ?

Omar hausse les épaules.

— Ça a marché ?

— Il n'y a pas grand-chose, tu sais. Simplement, elle aime discuter avec moi.

— Et de quoi parlez-vous ?

— De tout. D'elle surtout. De son enfance. De sa famille. Elle est de Lille, grise et triste comme un matin de cafard. Elle a deux frères. L'un est juge et l'autre pharmacien. Que veux-tu savoir encore ?

— Pourquoi est-elle venue dans ce pays ?

— L'éblouissement d'un séjour estival. As-tu jamais connu la morsure du cobra ? C'est l'étonnement qui prime, le sentiment d'une évidente irréalité, avec la naissance de la douleur. Elle aime se raconter. Une façon de recommencer, qui permet de gommer les fausses notes. Une façon de tenter aussi, tout en maintenant une honorable distance qu'il faut savoir réduire avec audace le moment venu.

— N'est-il pas encore venu ?

Omar se redresse. Ses yeux brillent de colère contenue. Il lance à son compagnon :

— Tu raisonnes de façon stupide. Ou plutôt comme elle. Ce moment ne viendra jamais. Je ne serai pas le fossoyeur de son rêve égaré parmi ces plaines ensoleillées. Il lui faudra recouvrer la lucidité sans mon aide. Ou chercher un autre pigeon.

— Vraiment ?

— J'oubliais, fit Omar. Quand elle est enrhumée, elle se mouche. Sa morve ressemble à une chenille blanchâtre. A neuf heures moins le quart, tous les jours, elle va se soulager, et sa merde pue terriblement.

Rachid baisse la tête, pour la première fois pris en défaut.

— As-tu déjà vu la mer ? demande-t-il.

— Je suis né dans un village de la côte.

— Je viens du désert. J'aurais voulu voir la mer. Une fois, une seule, respirer à pleins poumons le vent du large.

## 9

Assis sur une chaise devant la porte d'entrée, le chaouch me regardait arriver. Quand j'eus gravi la dernière marche du perron, il m'accueillit avec un regard venimeux. Je fis mine de l'ignorer pour continuer mon chemin. Mais il se leva prestement et me barra le passage.

— Qu'est-ce que tu veux ? demanda-t-il sans aménité.

Je lui répondis que je voulais voir le maire.

— As-tu un rendez-vous ?

Je lui appris que j'étais un parent et que je devais le voir.

— Reviens demain, lâcha-t-il.

Je lui demandai pour quelle raison je devais revenir le lendemain.

— Il est occupé aujourd'hui.

— Ne le sera-t-il pas demain ?

— Nous verrons.

— Il est indispensable que je le voie.

— Chaque jour, il y a des centaines de gens qui,

comme toi, estiment indispensable de le voir. Tu comprends qu'il ne peut pas les recevoir tous.

— Je te répète que c'est un parent.

— Je ne te connais pas.

— Je suis longtemps resté absent. Je viens d'arriver au pays.

— Tu étais en France ? demanda-t-il tandis que pour la première fois depuis le début de notre entretien son visage s'éclairait d'un sourire.

— Non.

L'homme se renfrogna. Il me toisa longuement, semblant évaluer la solidité des liens qui pouvaient me rattacher à l'administrateur de la commune. Visiblement, mon allure déconcertait cet homme qui avait à opérer un tri délicat des visiteurs et qui risquait de manquer de jugement en refusant l'accès à une personne attendue ou en ne sachant pas reconnaître l'importun à éconduire fermement. Le résultat de l'examen dut m'être favorable car le chaouch grogna un « Suis-moi » entre ses moustaches et se mit en marche. Nous gravîmes l'un derrière l'autre l'escalier qui menait au premier étage. Parvenu sur le palier, il s'arrêta et me demanda :

— Comment t'appelles-tu ?

Je lui donnai mon nom.

— Attends ici. Je vais voir s'il peut te recevoir.

La délicatesse avec laquelle le chaouch frappa à la porte du bureau me renseigna sur le prestige dont jouissait l'occupant des lieux. J'éprouvai une petite fierté à l'idée qu'il s'agissait de mon cousin.

La porte s'ouvrit et Ahmed se précipita dans mes bras. Nous nous embrassâmes longuement. Je n'avais jamais vraiment bien connu mon cousin Ahmed. La séparation entre les deux branches de la tribu n'avait guère favorisé nos relations. Ce fut la raison pour laquelle la chaleur de son accueil m'étonna mais me réconforta beaucoup. J'en profitai pour toiser d'un regard méprisant le chaouch qui baissa la tête et s'éclipsa sans demander son reste.

— Tu m'excuseras, me dit mon cousin. Je suis en réunion. Je te recevrai dans cinq minutes. Attends-moi ici.

Par la porte entrouverte du bureau j'aperçus en effet trois personnes assises dans des fauteuils. Je pus ainsi constater que mon cousin n'avait pas hésité à interrompre une réunion sans doute importante pour venir me saluer.

Peu de temps après, les interlocuteurs du maire sortirent et je fus introduit dans une vaste pièce avec de grandes fenêtres qui donnaient sur la rue. Mon cousin s'assit derrière un imposant bureau en bois. Dans un coin de la salle il y avait un grand drapeau. Accroché au mur, derrière le dos du maire, un portrait en couleurs. Un homme dont le regard sévère ne cessa à aucun moment de me fixer. Sur le bureau, il y avait beaucoup de papiers et un téléphone noir qui sonna plusieurs fois au cours de notre entretien.

— Tout le monde te croyait mort, commença Ahmed.

— Depuis mon arrivée au pays, on m'a bien souvent répété cette phrase.

— C'est normal. Personne ne s'attendait à te revoir.

— J'ai grande joie à te retrouver à ce poste. La famille peut être fière de toi.

— Ces responsabilités m'occasionnent beaucoup de tracas, répondit-il modestement.

— Dis-moi, cousin, je voudrais te poser une question. Tu es aujourd'hui un homme important. Tu dois savoir bien des choses, et sans doute la réponse à ma question.

— Je t'écoute.

— Depuis mon arrivée au pays, j'ai vu bien des choses étranges.

— Oui ?

— J'ai traversé des terres en friche et des campagnes désertes. Que sont devenus les paysans qui les travaillaient ? Deux hommes armés m'ont interdit l'entrée du douar. Sous un pont qui n'enjambait aucun ruisseau j'ai rencontré un vieillard qui m'a parlé de fleuve détourné. Les hommes que j'ai croisés marchaient tous la tête basse. Que se passe-t-il au pays ? Que s'est-il passé ?

— Tu es resté longtemps absent, et tes interrogations peuvent apparaître comme légitimes. Mais il ne faut plus poser ce genre de questions.

— A l'entrée du village, un homme barbu, armé d'un long bâton, m'a interpellé pour m'abreuver de propos incohérents. Il dit que les hyènes ont envahi la ville.

— Tu ne l'as pas reconnu ?

— Non. Mais lui semblait me connaître.

— C'est Ali, le fils de l'imam.

— Ali, le fringant jeune homme ainsi devenu ? Que lui est-il arrivé ?

— La torture. Il en a perdu la raison. Toi aussi, tu as dû beaucoup souffrir. Raconte-moi.

Je me mis à parler. Le téléphone sonna. Je m'interrompis pour laisser répondre le maire. Il grogna quelques mots dans le combiné, raccrocha et me fit signe de poursuivre. Mais au bout de quelques phrases je constatai avec surprise que mon interlocuteur ne m'écoutait pas du tout. Il semblait perdu dans une profonde réflexion. J'achevai mon récit en quelques mots.

Le silence s'établit entre nous.

— C'est un vrai miracle, constata poliment mon cousin.

J'avais le sentiment que mon récit ennuyait le maire, que l'homme du portrait me manifestait un plus grand intérêt, car il ne me quittait pas des yeux et avait semblé parfois approuver certaines phases de mon histoire. Je le trouvai soudain plus sympathique en dépit de la sévérité du regard. Je lui adressai un sourire furtif dans l'espoir de le rallier à mon camp et de le voir appuyer ma demande.

— Je suis justement venu pour régulariser la situation de mon état civil.

Le visage du maire se rembrunit aussitôt.

— Qu'est-ce que tu veux dire ?

Le froncement de sourcils de l'homme du portrait s'accrut aussi et je dus baisser les yeux devant le feu des deux regards convergents.

J'expliquai aux deux hommes que, puisque j'étais vivant, il convenait de rectifier les documents qui me considéraient comme mort. Mon cousin fit la moue, la moustache du portrait se mit à frémir. Ces signes d'humeur me firent prendre conscience de l'énormité de ma prétention et ma détresse fut grande. Le maire s'abîma dans une longue réflexion avant de lâcher :

— Difficile.

Le regard méprisant de l'homme du portrait le dispensait de tout commentaire.

Ahmed ajouta :

— Les choses ne sont pas aussi simples que tu as l'air de le croire.

Je dis que je ne comprenais pas. L'élu municipal me tint alors un long discours.

— Mon cher cousin, il faut bien comprendre la situation actuelle. Beaucoup de choses ont changé au pays. Nous sommes un Etat souverain, maintenant. Autrefois, l'administrateur de la commune mixte, aidé de ses caïds, décidait de ce qui était bon pour nous et s'arrangeait pour entretenir en permanence la rivalité entre les deux principales tribus de la région, les Merzoug et nous. Mais les fils rivaux se sont retrouvés côte à côte au maquis et, le colonisateur parti, nous avons cru pouvoir tomber dans les bras l'un de l'autre. Las ! Nos vieilles querelles avaient pourri, et les Temps Modernes offrent tant d'occasions nouvelles à notre ancestrale concurrence. Ainsi pour les élections municipales. Car nous sommes désormais une commune de plein exercice et la population doit élire un maire et des conseillers municipaux. Je vais t'expliquer comment se passent chez nous les élections municipales. Les électeurs se divisent en quatre catégories. Il y a les membres de la tribu Merzoug, qui votent pour leurs candidats et barrent systématiquement tous les autres. Nos hommes agissent de façon rigoureusement identique. La troisième catégorie est constituée par le tout-venant, les gens du peuple en quelque sorte, c'est-à-dire ceux qui n'appartiennent à aucune des deux tribus. Ils donnent leurs voix d'abord pour les candidats d'une des deux tribus, suivant leurs sympathies ou leurs relations, et éventuellement pour quelques candidats populaires qui leur sont très proches. En moyenne, les bulletins de ces gens se répartissent à égalité entre les Merzoug et nous. Au bas de l'échelle sociale, on trouve les étrangers, qui ne sont pas considérés comme étant de la région, bien que leurs familles aient pu y résider depuis plusieurs générations. Ce sont généralement des employés des administrations, arrivés chez nous au hasard d'une mutation. Ils sont instruits, portent la cravate, achètent le journal tous les matins et laissent leurs femmes sortir sans voile dans la rue. Tout le monde les méprise, bien qu'on ait souvent besoin de leurs services. Ce sont des gens sans honneur. Leurs idées sont toujours bizarres, et ils ne parlent pas comme nous. Les étrangers votent pour les candidats des tribus, exceptionnellement pour des candidats populaires, jamais pour d'autres étrangers. Il y a eu une fois un candidat étranger. Il n'a pas obtenu une seule voix. Pas même la sienne. Car les élections municipales sont vraiment démocratiques. Ce sont des affaires importantes et graves et le gouvernement n'ose pas intervenir. Par contre, les élections nationales, qui ne comportent pas d'enjeu local, n'intéressent personne. Nous nous informons à l'avance du pourcentage de oui qu'il est bon d'obtenir et nous collaborons très amicalement avec les Merzoug pour l'organisation du scrutin. Nous nous donnons rarement la peine d'ouvrir les urnes et de dépouiller les bulletins. Les procès-verbaux signés par les juges sont parfaitement faux. Grâce à ce système, les autorités nous laissent en paix.

Mon interlocuteur observa une pause pour me laisser le temps d'assimiler et reprit :

— Tu dois bien te douter que les Merzoug rêvent de voir un des leurs occuper ce fauteuil. Ils sont en permanence à l'affût du moindre faux pas, de la plus petite erreur pour créer le scandale destiné à me détrôner. Ils ont partout des espions, qui guettent mes moindres gestes. Ainsi le chaouch, qui a voulu te refuser l'accès. Je ne suis parvenu ni à le renvoyer, ni même à le muter. Il s'accroche à son poste comme un damné, et en sait bien la valeur stratégique. C'est la raison pour laquelle nous devons nous montrer prudents, et analyser minutieusement toutes les conséquences possibles d'une décision qu'on envisage de prendre. Ma position n'est guère enviable, car, de plus, je suis obligé de couvrir toutes les bêtises que commettent les membres de notre tribu qui se croient tout permis parce qu'un des leurs se trouve à la tête de la municipalité.

Cet exposé me permit d'apprécier l'inconfort de la situation du maire, mais je ne distinguais pas le lien avec mon cas personnel qui me semblait d'une grande simplicité. Je le lui fis remarquer.

Il soupira, de l'air de celui qui commence à regretter d'avoir en vain dépensé son temps, son éloquence et sa subtilité face à un interlocuteur refusant de faire l'effort de comprendre.

— Ecoute, reprit-il en baissant la voix. A l'indépendance, plusieurs témoins dignes de foi sont venus nous affirmer t'avoir vu expirer devant eux. Nous avons attendu, mais comme tu ne revenais pas et qu'il fallait prendre une décision, nous avons dû nous résoudre à te rayer des registres.

— Mais vous pouvez rectifier aujourd'hui...

— Peu de temps après, continua-t-il sans tenir compte de mon intervention, ta femme est venue pour demander une pension. Je lui ai délivré un papier attestant qu'elle était veuve de *chahid*. Alors, aujourd'hui, je ne peux pas affirmer le contraire. Nos ennemis ne manqueraient pas de saisir cette occasion pour nous créer les pires difficultés. Ils diront que c'était une combine pour verser à une parente une pension aux frais de l'Etat.

Je dus convenir avec mon cousin que l'affaire était effectivement délicate.

— Que faire alors ? lui demandai-je.

— Pour le moment, répondit-il, il est indispensable de continuer à te considérer comme décédé. Et, comme tel, de te montrer très discret. Il ne s'agit pas que l'affaire parvienne aux oreilles attentives du chaouch.

Je sortis la tête basse, et le chaouch fut étonné devant l'accablement qui affaissait mes épaules.

# 1

Trois jours, et Rachid n'a pas fini d'exhaler sa fureur contre Vingt-Cinq. Il lui reproche l'affaire du bordel. A plusieurs reprises, il l'a violemment pris à partie. Excédé, le vieillard a fini par lâcher :

— C'est parce que j'avais mal aux dents.

La fureur du Sahraoui redouble à l'énoncé de cette étrange raison. Fly-Tox intervient, et sa bonne humeur détend l'atmosphère.

— Autrefois, j'étais un habitué d'un bordel très élégant où les filles s'appliquaient à discuter au moins une bonne demi-heure avec les clients avant de les faire monter. Assis sur un sofa moelleux, je me sentais une âme de bourgeois. Ce rare plaisir valait largement le supplément de prix. A l'indépendance, le propriétaire corse a plié bagage. Il ne croyait pas en l'avenir du pays, et ne se gênait pas pour claironner ses opinions : « Vous ne tarderez pas à regretter notre départ, et bientôt il vous faudra faire la queue pour tirer un coup. » Constatant la vacance, la matrone a réuni les filles et elles ont décidé d'organiser la maison en comité autogéré. Authentique. Le portier, seul homme du lieu, a été élu président. J'ai protesté, et incité les filles à se libérer de la tutelle masculine : « Vous constituez la main-d'œuvre productive. Les mâles ne sont que des parasites. » Elles ont refusé de suivre mes conseils. Le gouvernement a nommé comme directeur un jeune puceau de dix-neuf ans. Tout a très bien marché.

Mais ces considérations ne parviennent pas à dérider Rachid ni à le distraire de ses monologues obstinés. Il projette un assassinat fantastique, mais personne n'est parvenu à identifier sa future victime. S'agit-il de Vingt-Cinq qu'il accuse de ne pas avoir défendu avec assez de vigueur le projet d'ouverture d'un bordel ? En tout cas le vieillard ne laisse paraître aucune inquiétude. Ne serait-ce pas l'Ecrivain, qu'il a toujours détesté, pour des raisons connues de lui seul ? Ou alors cet Homme dont j'ai oublié le nom, toujours assis en solitaire sur son banc au milieu de la cour et que je soupçonne d'être un espion à la solde de l'Administrateur ?

— Pourquoi es-tu ici ? demande soudain l'Ecrivain.

Rachid lui lance un regard chargé de haine puis détourne la tête.

— Va te faire enculer.

Omar reçoit l'insulte en plein visage. Il sourit. Ses yeux brillent de malice.

— Pourquoi lui en vouloir ?

Vingt-Cinq s'approche de l'Ecrivain. Ses yeux sont rouges. Complètement ivre. Mais il prétend que c'est un effet de la chaleur. Il craint une confrontation entre Omar et l'Ecrivain et cherche à détourner la conversation. Mais le garçon, qui sent naître la douleur, a oublié ses rancunes.

— Aïouah ? insiste Omar.

Rachid se déplie comme un double mètre. Il devient immense.

— Je travaillais dans une villa très spéciale. Entourée d'un haut mur d'enceinte. Deux soldats en défendaient l'entrée. Les rayons étaient chargés des produits les plus sophistiqués, les plus rares. On y trouvait de tout. Ils appelaient ça une coopérative. Mais strictement réservée. A partir de dix heures les voitures commençaient à arriver. Presque toutes noires. Très belles. Assises à l'arrière. Chevelures savantes. Robes d'été transparentes. Je bandais en les regardant approcher. Je découpais le gruyère en lorgnant vers leur décolleté. Mouvement sournois, à me frôler, pour m'inonder de parfum et surveiller la déformation du pantalon aux alentours de la braguette.

— Aïouah ?

— J'élevais une colonie de cancrelats que je nourrissais de tous les bons produits alourdissant les étagères et introuvables sur le marché.

— Aïouah ?

— Aimaient ça. Devant moi, elle bombait le torse et entrouvrait ses lèvres humides comme pour une affolante invite. Un jour, je lui ai proposé de lui montrer le velours importé que nous venions de recevoir. Elle m'a suivi dans l'arrière-boutique. Je l'ai coincée entre les étoffes. Elle a tout de suite écarté les jambes. Mais son chauffeur est arrivé. Il m'a donné un grand coup sur la tête et m'a rejeté pour occuper ma place.

— Aïouah ?

— J'y ai foutu le feu. Quand les pompiers sont arrivés, je leur ai expliqué. Ils ont souri, hoché la tête et attaqué le feu à leur manière. Tout a brûlé. Mais ils l'ont reconstruite, à l'intérieur d'une caserne, pour plus de sécurité. Un collègue de travail m'a dénoncé. Crime économique. Condamné à dix ans par contumace.

## 2

En sortant de la mairie, j'entendis le muezzin appeler les fidèles à la prière du soir. Je me dirigeai vers la mosquée, fis mes ablutions et mes prières. Puis, comme je ne savais où aller, je décidai de passer la nuit dans le temple. J'allai dans un coin et m'allongeai sur la natte. Peu à peu, je vis la salle se peupler et s'animer. J'en fus très étonné, car l'heure de la prière était passée.

Un homme élégant et sérieux s'approcha de moi et me salua. Il tenait à la main un petit sac. Il en tira un pyjama et disparut en direction de la salle d'eau. Il revint revêtu de son habit de nuit et tenant son costume à la main. Il déroula ensuite un sac de couchage et s'y glissa. Ainsi installé, il tourna la tête vers moi et me sourit.

— C'est la première fois que je te vois, me dit-il. Tu n'es pas d'ici ?

Je lui répondis que non et lui demandai pour quelle raison tout ce monde venait à la mosquée.

— Ce n'est pas un regain de ferveur religieuse qui les attire en ce lieu. Non. Nos dirigeants ambitieux qui rêvent d'un grand pays laissent proliférer le peuple mais oublient de lui construire des habitations. Les hôtels sont complets et hors de prix et les hammams infestés de brigands. Ici, c'est paisible et gratuit. La sainteté du lieu intimide les coquins. Tu occupes ma place habituelle. Moi, je suis instituteur dans l'école du village.

Puis il ferma les yeux et s'endormit.

Les hôtes de la mosquée s'éclipsèrent à l'aube, avant la prière du *fadjr*.

## 3

Rachid, étendu sur le plancher, essaie de dénombrer les lattes du plafond.

— Dix ans. Une peine à vivre. Un jour, j'irai me constituer prisonnier. A la fin de mon temps, peut-être me sera-t-il possible de trouver la paix ? D'ailleurs, ne sommes-nous pas déjà prisonniers ?

Il se lève et va s'accouder sur le rebord de la fenêtre pour observer avec inquiétude le rapide avancement de la clôture de barbelés avec laquelle on essaie de nous encercler. Il est vert de rage.

— Quelle mouche a donc piqué ces ouvriers habituellement indolents pour qu'ils s'activent de la sorte ? On a dû leur promettre des primes faramineuses. Pour échapper au polygone dans lequel on essaie de nous enfermer, nous avions compté sur l'incohérence coutumière des projets de l'Administration, sur sa totale incompétence, mais surtout sur la solidarité tacite du prolétariat. Nous sommes trahis !

Rachid sort brusquement de la baraque. Il a besoin d'espace pour épuiser sa rage en gestes violents et secs. Pour ce monde absurde, Rachid est une vivante menace. Il parle de piller le ciel, de saccager les étoiles.

— Comme dans un grand jeu de boules, avec ma main géante, je rassemblerai les étoiles pour faire éclater cette maudite planète dans une supernova fantastique qui devra éradiquer définitivement toute trace de l'homme dans l'univers.

Après le départ de Rachid, l'Ecrivain reprend en écho :

— Nous savons nous montrer impavides devant les ruses des sorciers, mais, même aux pires moments, nous cultivons les raisons de rester désunis. C'est en nous-mêmes qu'il faut chercher l'origine de la trahison.

## 4

La prière de l'aube accomplie, je sortis dans la rue. Elle était déserte et jonchée de détritus de toutes sortes. Les gens ont appris à dormir jusque très tard dans la matinée depuis le jour où ils ont accroché des arêtes d'aluminium sur les toits de leurs maisons. J'errai ainsi longtemps en solitaire dans les rues livrées aux chats et aux chiens. Je ne savais que faire ni où aller. Je voulais retrouver ma femme et mon fils. Le maire interrogé m'avait affirmé qu'il ignorait l'endroit où ils pouvaient se trouver. Je savais qu'il m'avait menti.

Je marchais ainsi le long des trottoirs, pensif et la tête basse quand une voix me héla.

— Hé ! toi là-bas, viens ici.

Je me retournai pour voir l'auteur de cet ordre péremptoire. Le policier rajusta sa casquette et s'avança vers moi.

— Qu'est-ce que tu fais dans la rue à cette heure-ci ?

— Pourquoi ?

— Réponds à ma question.

— Je me lève toujours à cette heure. Ne serait-ce que pour accomplir ma prière. Est-ce interdit ? Il y a toujours le couvre-feu au pays ?

— Si tu veux te moquer de moi, ça risque de te coûter cher.

— Je suis sincère.

— Tes papiers.

Je lui répondis que je venais d'arriver au pays après une longue absence, pour apprendre qu'on me considérait comme mort, que je n'avais aucune pièce d'identité, que la veille j'avais rendu visite au maire, qui était aussi mon cousin, pour lui demander justement une régularisation de ma situation.

Le policier hocha la tête d'un air entendu et lâcha :

— Suis-moi au poste de police. Tu expliqueras ton histoire au commissaire. Je veux bien être pendu s'il croit à un seul mot de ton récit.

Je le suivis docilement, sans la moindre protestation.

Nous entrâmes dans le hall du commissariat l'un à la suite de l'autre.

— Assieds-toi là et attends, fit le policier en me désignant le banc de bois qui courait le long du mur.

Puis l'homme se retourna vers l'agent de service qui, la tête baissée derrière son pupitre, essayait de continuer son sommeil.

— Je l'ai trouvé qui traînait dans les rues. Sa mine ne m'inspire pas confiance.

L'agent releva la tête et m'observa longuement. Il avait une moustache qui ressemblait à la mienne : je le trouvai sympathique.

— Et alors ? Tu ne peux tout de même pas arrêter tous ceux dont la tête ne te revient pas ?

— Vagabondage.

— Tu sais, on n'aurait pas fini s'il nous fallait arrêter tous les vagabonds de la région. J'ai comme l'impression que chaque fois que tu es de permanence, tu fais passer ta mauvaise humeur sur le premier qui te tombe entre les mains.

— Il n'a sur lui aucune pièce d'identité. Il m'a raconté une histoire abracadabrante pour se justifier. Il est peut-être mêlé au vol de la bijouterie. De toute façon je ne fais qu'exécuter les ordres du commissaire. Il a dit qu'il fallait nettoyer la ville. Alors...

— Qu'est-ce que je dois en faire ?

— C'est l'affaire du commissaire. A son arrivée, il avisera.

— Qu'est-ce que je mets sur le registre ?

— Vagabondage et défaut de pièce d'identité.

— Décidément, tu es vraiment de mauvaise humeur ce matin. Avec un tel motif, il risque d'en avoir pour plusieurs mois.

— Tu fais ce que tu veux.

— Disons que je n'inscris rien en attendant l'arrivée du commissaire. Il décidera lui-même.

— Sous ta responsabilité.

Son collègue parti, l'agent de permanence me fixa attentivement.

— Qu'est-ce que tu faisais dans la rue à cette heure-ci ?

— Rien. Je venais de sortir de la mosquée.

— Par les temps que nous vivons, il est plus prudent de rester chez soi.

— Il y a bien longtemps que j'ai quitté mon chez moi.

— Tu n'as pas de carte d'identité ?

— Non.

— Pourquoi ?

— J'ai essayé d'expliquer cela à ton collègue. Mais il n'a pas voulu m'écouter. C'est une longue histoire.

— Tu la raconteras au commissaire. J'ai déjà fait beaucoup pour toi en n'inscrivant rien sur le registre.

Il enfouit sa tête derrière le pupitre et remit en marche son poste de radio miniature. Peu de temps après entra une femme. Son haïk replié ne lui recouvrait que la tête et le buste. Les campagnardes de chez nous ont toujours eu cette façon négligée de porter le voile, comme une concession à la tradition. Elle était vêtue d'une vieille gandoura noire de crasse. Elle semblait encore jeune, en dépit de son visage prématurément ridé.

— Que veux-tu, femme ? demanda le policier.

— Je viens me plaindre.

— De qui ?

— De mon mari.

— A propos de quoi ?

— Regardez, fit-elle.

Elle souleva sa robe pour découvrir des cuisses encore fines et belles mais zébrées de longues traînées bleues. Elle portait ces mêmes traces sur son cou, ses bras. Je détournai les yeux, choqué par le spectacle de cette femme qui, aux premières lueurs de l'aube, dans un commissariat, se mettait à montrer sans vergogne ses parties intimes à deux étrangers.

— C'est la même chose tous les soirs. Il détache sa ceinture et me bat à mort. Parce qu'il est ivre et ne sait pas ce qu'il fait. Parce qu'il est de mauvaise humeur de n'avoir pas pu se saouler, faute d'argent. Parce qu'il a perdu son emploi, ce qui lui arrive de plus en plus souvent, ou parce qu'il n'a pas trouvé de travail. J'ai quatre enfants, monsieur le policier, qui assistent, muets de terreur, à la même scène tous les soirs. J'en ai assez de cette existence. Je ne peux plus tenir.

— Et alors ?

— Alors je suis venue me plaindre. Il doit y avoir une loi qui défend de traiter ainsi sa femme.

— Réfléchis bien, femme. Si tu déposes une

plainte, nous pouvons l'arrêter et le garder en prison pendant un certain temps. Est-ce cela que tu veux ? Qui vous fera vivre entre-temps, toi et tes gosses ? Et puis, à sa sortie, il se remettra à te battre. La loi sait punir, elle ne sait pas corriger les hommes.

La femme resta muette et je lus dans ses yeux un immense désarroi. Elle dodelinait de la tête, comme étourdie par quelque grand coup assené par surprise. Puis elle se détourna et sortit sans mot dire.

Le policier me lança un regard grivois.

— Encore de beaux restes, n'est-ce pas ?

Je haussai les épaules.

— D'où sors-tu donc, bonhomme, pour en être encore à détourner les yeux devant le spectacle de la misère et de la déchéance humaines ?

## 5

L'Administrateur a égorgé dix-neuf moutons, afin, selon la sainte tradition, d'arroser de sang les fondations de sa nouvelle résidence. Il nous a invités à manger le couscous et à prêter main-forte à ses ouvriers. Les Sioux ont noté les noms de tous les récalcitrants, certainement promis à de subtiles représailles. Exempté de la corvée en raison de son âge, Vingt-Cinq est pourtant omniprésent. Il ne cesse de consulter les plans de l'architecte, de s'inquiéter de l'approvisionnement en matériaux et de surveiller l'avancement des travaux. Il va, vient, au milieu du chantier, teste du bout de sa canne la solidité du béton, exhorte les uns, houspille les autres. Il abreuve de conseils techniques le contremaître qui, excédé, finit par le chasser.

— Tout en marbre de Carrare : le plancher, le plafond, les murs, les salles de bains et aussi les toilettes. Quand on est exonéré des droits de douane, c'est un produit qui devient bon marché. De plus, l'entretien est grandement facilité : plus besoin de refaire périodiquement la peinture, et le nettoyage devient une tâche amusante. Deux à trois femmes de ménage suffiront amplement pour les dix-neuf pièces de la villa. Par contre, je n'approuve pas l'érection de ce haut mur d'enceinte autour de la construction. Il arrête la fraîche brise de l'été et détruit l'harmonie architecturale de l'ensemble. Je sais bien qu'il faut protéger des regards populaires les nudités qui viendront s'ébattre dans l'immense piscine. Mais je suis partisan de ménager au ras-le-bol plébéien quelques soupapes de décompression : le football, bien qu'il soit toujours en plein marasme, la bière, dont il faut cesser d'augmenter le prix, et au mur d'enceinte de la villa de l'Administrateur des créneaux savamment disposés.

En dépit de sa stérile activité de bourdon, Vingt-Cinq ne s'est rendu compte de rien. C'est Fly-Tox qui le premier a découvert le pot-aux-roses. Il nous met au courant à voix basse. La construction de la villa est l'occasion d'un gigantesque trafic : une grande partie du ciment qui parvient au chantier repart la nuit dans des camions bâchés vers un marché noir florissant où son prix est quadruplé à moins d'être réservé aux émigrés de retour au pays et qui savent payer en devises.

— Bonne affaire, commente Vingt-Cinq. Le ciment plus cher que le blé.

Omar est abasourdi.

— Que pouvons-nous faire contre des gens pareils ? Ils jouissent déjà de tant d'avantages, de tant de privilèges, et trouvent encore le moyen de trafiquer pour accroître leurs profits. Tout compte fait, sa villa achevée, il va se retrouver avec un joli bénéfice.

## 6

— Difficile à croire, lâcha le commissaire après une longue méditation. Il n'avait pas cessé de triturer sa moustache tout au long de mon récit.

— C'est pourtant la vérité.

— Le maire, ton propre cousin à ce que tu dis, refuse de te croire.

— C'est ainsi.

— Tu vis dans une complète illégalité.

— Que puis-je faire ?

— Régulariser ta situation.

— Mais comment ?

— Il te faut trois témoins, qui t'auront connu au maquis, et qui puissent attester de ton identité.

— Tous mes compagnons sont morts lors du bombardement du camp.

— Qui dirigeait ce camp ?

— Si Chérif.

— Il est mort en effet. Nous avons ramené ses restes de la montagne. Maintenant, il repose dans le cimetière du village. Ce fut un grand homme, paix à son âme. Il te faudra donc chercher un autre témoin, à moins que ton ancien chef ne consente à se réveiller pour venir confirmer tes dires.

— Que dois-je faire ?

— C'est à toi de trouver la réponse.

— Depuis mon retour au pays, j'ai l'impression de vivre un mauvais rêve.

Le commissaire se leva, contourna son bureau, et s'appuyant de la main sur le dossier de ma chaise, me lança :

— Qui es-tu vraiment, bonhomme ? Es-tu vraiment affligé de cette candeur, de cette naïveté incroyables ? Ou est-ce de la comédie ? D'où viens-tu ? Qui t'a envoyé ici ? Dans quel but ? Réveiller les fantômes ? Exhumer le souvenir d'une période que tous veulent oublier ?

Le téléphone qui se mit à sonner me dispensa de répondre.

Au tressaillement du visage du commissaire, je sus que son interlocuteur lui parlait de moi. En reposant le combiné, l'homme s'abîma dans une nouvelle réflexion.

Puis :

— Ecoute, bonhomme. Toi et moi allons faire un arrangement. Parce que je ne veux pas avoir sur les bras une affaire comme la tienne. Tout est bien tranquille dans ce village, et je tiens à ce que cela continue. Nous voulons tous oublier ces vieilles histoires.

Alors, je vais te laisser partir. Mais tu dois rapidement disparaître à tout jamais de la région. Si un de mes policiers te retrouve à traîner dans les rues, ton compte est bon. Compris ?

Je sortis en remerciant.

J'empruntai l'allée principale et traversai le village de bout en bout pour aller m'asseoir au bord de la route sur une borne kilométrique et réfléchir à ce que je devais faire. Après une longue méditation, je conclus qu'il me fallait à tout prix consulter Si Chérif. Je le savais homme sage et de bon conseil. Ce fut alors que je me rendis compte avec effarement que je ne me souvenais plus du chemin qui menait au cimetière. Dans ma jeunesse, j'avais pourtant sillonné en tous sens ce village et ses alentours au point de pouvoir m'y diriger les yeux fermés. Je ne comprenais pas ce qui m'arrivait. Allais-je de nouveau perdre la mémoire ? Il me fallut me résoudre à demander le chemin. Le gardien du lieu, un simple du village qui vivait des dons des parents des défunts, me jeta un bref regard en me voyant entrer. Sur ma demande, il m'indiqua la tombe du commandant. Il s'étonna de m'entendre lui demander une pioche. Il me la fournit néanmoins. Mais il resta sur le seuil de sa cabane à m'observer tandis que je me dirigeais vers la sépulture de Si Chérif.

Je commençai par ôter les orties et les herbes qui recouvraient la tombe puis me mis à piocher avec précaution. Il me fallut du temps pour retrouver les pauvres restes du commandant. Je replaçai les os avec une grande minutie dans leur position naturelle et me mis à appeler. Il fut long à se réveiller. Après de sinistres gémissements, il se redressa enfin.

— Qui m'appelle ?

— C'est moi, répondis-je. J'étais avec toi dans le camp, au maquis, souviens-toi.

— Quel est ton nom de guerre ?

— Je n'en ai jamais eu. Je n'étais qu'un simple cordonnier.

— Ah oui ! le cordonnier. Je me souviens maintenant.

— Je t'ai apporté du tabac.

— Merci. Je suis content de savoir que tu as survécu au bombardement du camp. Sais-tu s'il y eut d'autres rescapés ?

— Je ne pense pas.

— Est-ce seulement pour m'apporter du tabac que tu es venu me réveiller ?

Je répondis que je souhaitais lui demander conseil. Je répétai alors mon histoire, qu'il écouta avec beaucoup d'attention.

Je conclus en disant :

— Je ne sais plus si je suis vivant ou mort.

Il se mit à hocher lentement la tête.

— Je suis content d'apprendre que le pays est libre maintenant.

Je répondis que j'étais bien content aussi.

— Tiens, ajouta-t-il en sautant du coq à l'âne, je n'aurais jamais cru que ce vaurien d'Ahmed pût un jour devenir maire du village. Il s'est toujours montré plus bête que l'âne de son père. A-t-il changé à ce point ?

J'évitai de répliquer.

— Hein ? fit-il, quêtant une réponse.

Je lui rappelai que j'étais venu demander conseil. Son visage s'assombrit.

— J'ai l'impression, mon fils, que tu aurais mieux fait de mourir aussi.

Je fus incapable de discerner s'il plaisantait ou s'il parlait sérieusement. Il ajouta :

— Je regrette, je ne peux rien te dire. Encore moins te conseiller. Ne va pas croire que les morts savent beaucoup de choses. Pas le moindre secret. Enfouis dans l'obscurité, le froid et l'humidité. Les asticots ont rongé notre chair. Une nuée de microbes invisibles s'occupent de faire disparaître nos os. Alors, nous ne serons plus rien. Les vivants doivent perdre cette manie de nous faire dépositaires du secret de la condition humaine. Je regrette, je ne peux rien te dire. J'ai été content de te voir. Merci pour le tabac.

## 7

Omar s'est toujours intéressé à mon cas. Le sachant au mieux avec la secrétaire de l'Administrateur, j'en profite pour lui demander d'intercéder en ma faveur auprès d'elle afin de hâter la réponse à ma lettre.

Il reste un moment silencieux.

— Sera bien déçue, la jouvencelle qui croyait au pouvoir de son charme. Ne manquera pas de croire à une manœuvre ourdie de longue date. Je vois déjà sa moue. Ne voudra sans doute plus m'adresser la parole. Ce sera la fin de l'idylle. Tant pis. Entendu, je lui parlerai, acheva Omar d'une voix plus forte.

## 8

Revenant du cimetière, je vis Ali surgir derrière le tronc d'arbre qui le cachait. Il se dirigea vers moi avec une mine de conspirateur, jetant souvent de brefs regards derrière lui.

— Je savais bien, dit-il, qu'ils ne te croiraient pas.

Je répondis que j'étais navré de ne pas l'avoir reconnu lors de notre première rencontre.

— T'inquiète pas, tu apprendras bien vite à reconnaître à leurs yeux les désespérés.

Je lui dis que j'étais bien triste, et pour lui et pour moi.

— Tu ne dois pas retourner au village, parce que les gendarmes te cherchent pour te mettre en prison.

— Ce matin, c'étaient les policiers, et maintenant les gendarmes. Que leur ai-je donc fait pour qu'ils me persécutent de la sorte ?

— Je sais la réponse, mais personne ne veut m'écouter. Rappelle-toi, les hyènes n'aiment que les cadavres.

— Mais les gendarmes ?

— Le gardien du cimetière t'a dénoncé. Il leur a dit que tu es allé profaner les tombes. Alors les gendarmes sont partis à ta recherche.

Je lui dis que je ne savais que faire.

— Je t'avais prévenu. Il faut partir loin de ce

village. Vers le nord et la mer. On dit que, là-bas, le ciel est plus bas.

— Le commissaire aussi m'a demandé de quitter le village. Mais je ne peux pas rester ainsi, sans identité. Je vais aller revoir mon cousin Ahmed. Il est le maire du village. Il a de l'autorité. Les gendarmes l'écouteront, et il leur expliquera que j'étais simplement allé demander conseil à Si Chérif. Je ne suis pas un profanateur.

— Ton cousin ne fera rien pour toi. Il a trop peur de perdre son poste, et pense que le meilleur moyen de le garder est de ne jamais prendre aucune décision.

— Alors que faire ?

— Va voir ton oncle Mokhtar, le père d'Ahmed.

— Il est toujours vivant ?

— Plus que jamais. C'est le seul qui puisse faire quelque chose pour toi, s'il le veut bien. Il sait beaucoup, et peut davantage. Mais il faudra te méfier de lui : c'est un des principaux chefs de la horde.

Puis l'homme me saisit par les épaules et me fixa longuement. Des larmes perlaient dans ses yeux.

— Je suis bien triste pour toi, parce que tu vas beaucoup souffrir. Moi, j'ai déjà fini de le faire : je suis fou.

## 9

— Si nous parvenons à nous évader, qui acceptera de nous suivre ? demande l'Ecrivain.

Vingt-Cinq fait la moue :

— Qui voudra manquer le prochain épisode du feuilleton télévisé ?

Recroquevillé dans un coin de la chambre, Omar garde la tête entre les genoux.

— Nous nous retrouverions seuls. On aura tôt fait de nous taxer de marginaux, d'extrémistes, sinon de provocateurs.

## 10

Pour éviter les gendarmes, je fis un long détour avant de me diriger vers la maison de Si Mokhtar. Il y avait bien longtemps que je ne l'avais vu et je craignais qu'il ne me reconnût pas. Il y avait grande animation devant la magnifique villa posée sur une colline dominant le village. Je demandai à voir Si Mokhtar. L'homme me répondit que Si El Hadj venait à peine d'arriver, de retour des Lieux saints et que pour l'heure il se reposait dans sa chambre des fatigues du voyage. Je lui dis que je désirais le voir.

— On le préviendra dès son réveil.

Je répondis qu'il ne convenait pas en effet de le déranger et que j'attendrai le temps nécessaire. L'homme me convia alors à participer aux festivités.

Devant la maison il y avait un vaste terrain planté d'eucalyptus élancés. Alors qu'en bas le village étouffait sous la chaleur et la poussière, sur le plateau une divine brise rafraîchissait l'atmosphère et faisait bruire le feuillage des arbres. A l'ombre des eucalyptus, des groupes se constituaient, convives attendant le plat de couscous. Des centaines.

Je m'intégrai à l'un des groupes et arriva bientôt le plat de céréales avec un bol de sauce grasse et brûlante. Des cuillères d'aluminium nous furent distribuées et chacun attaqua le plat commun de son côté. Dans nos régions, ces fêtes sont une aubaine pour les pauvres. Repas gratuit, on en profite pour manger le plus possible, jusqu'à faire craquer ses vêtements. Les hommes mastiquaient en silence avec sérieux et application. On apporta un supplément de couscous dans un panier. Les convives protestèrent poliment mais l'homme connaissait son monde et il vida son panier dans le plat. On réclama de la sauce et les cuillères se remirent à piocher. Quand les hommes, repus, brisèrent le cercle afin de se détendre et faciliter la digestion, la discussion s'engagea.

— Que Dieu bénisse El Hadj Mokhtar et accroisse ses biens. C'est un homme bon et généreux.

— C'est un serviteur de Dieu. C'est avec son propre argent qu'il a fait construire la mosquée du village.

Je me sentis très fier d'être le parent d'un tel homme.

J'avais tant mangé que je ne pouvais plus bouger. Une douce lassitude m'envahit. Je m'étendis au pied d'un arbre et m'endormis bientôt, bercé par les louanges interminables des convives reconnaissants.

Un bruit de camion me réveilla. Il amenait plusieurs moutons qu'on se mit à descendre. La fête ne faisait que commencer et promettait de somptueuses ripailles. Les bêtes regroupées, le boucher arriva, accompagné de deux aides, aiguisant sur une pierre son grand couteau. On lia les pattes du premier mouton avec une cordelette. Le boucher prononça la formule rituelle et lui ouvrit la gorge tandis que ses adjoints retenaient la bête. Puis l'homme passa à l'animal suivant déjà étendu sur le sol par des volontaires diligents. Et le carnage fit couler des ruisseaux de sang.

Ensuite, avec une hache on coupa les têtes des moutons, leur brisant les vertèbres du cou. La bête décapitée, un des aides incisait la peau sur une patte et soufflait très fort par la fente pour gonfler d'air l'animal et faciliter ainsi son dépeçage. Un deuxième homme cassait à la hache les pattes de l'animal pour permettre de le pendre à l'aide d'une cordelette aux branches des figuiers.

Muni d'un deuxième couteau, plus effilé, le boucher commençait le dépeçage. Un travail d'expert, car il faut éviter de gâcher la toison en déchirant la peau. Ensuite l'homme leur ouvrait le ventre pour déposer leurs entrailles dans d'énormes bassines. On vida les estomacs de l'herbe non encore digérée et on jeta les intestins remplis d'excréments. Une nuée de chats, accourus de toute part, attendaient cet instant pour participer à la curée. L'endroit se transforma vite en un champ de bataille où la merde giclait de tout côté.

Puis on emmena les moutons dans la villa. Ne restèrent que les têtes et les pattes, amassées dans un coin. Depuis un moment déjà, un groupe croissant de vieilles femmes observaient le travail. Quand tout fut terminé, un homme leur fit signe, et, comme des forcenées, avec une agilité insoupçonnable pour leur âge, elles se précipitèrent vers les abats. Se bousculaient, criaient, se disputaient les parts à tel point qu'un homme dut intervenir pour organiser la distribution. Habitués à ce spectacle, les assistants n'émirent aucun commentaire.

On nous apporta de l'eau pour nous laver les mains puis du café et des gâteaux. Avec la tombée de la nuit, les invités recommencèrent à arriver. On éclaira avec des lampes à carbure accrochées aux branches basses des figuiers. On voyait de temps en temps arriver des voitures énormes dont les passagers pénétraient directement dans le jardin, protégé par un haut mur d'enceinte.

On nous apporta de nouveau à manger. Comme je n'avais pas grand-faim, je ne pus faire honneur à ce repas. Celui-ci à peine achevé, je vis l'homme à qui je m'étais adressé en arrivant passer de groupe en groupe à ma recherche. En m'apercevant, il me fit signe. Je me levai et le suivis.

— Si El Hadj veut te voir.

Je franchis à sa suite la grille d'entrée. Le jardin était très vaste, planté d'arbres fruitiers de toutes sortes. A travers les allées, mon guide me menait parmi un univers verdoyant. Je ne sais pourquoi, cela me rappela l'hôpital où je fus soigné. Les invités possesseurs de voitures se trouvaient là. Mais ils étaient assis sur des chaises, autour de tables et mangeaient dans des assiettes. Dans un coin du jardin je vis trois hommes qui s'activaient à rôtir plusieurs moutons sur des feux de braise.

Puis mon guide s'arrêta pour me désigner un groupe d'hommes. Trois d'entre eux portaient des costumes. Le quatrième était vêtu d'une ample djellaba blanche et sa tête s'ornait d'un énorme turban, blanc lui aussi. Une barbe fleurie ennoblissait son visage. Je me précipitai pour embrasser avec ferveur sa tête enturbannée. Je serrai ensuite la main aux trois compagnons de mon oncle.

— C'est mon neveu qui revient au pays après une longue absence.

Les hommes sourirent poliment.

— Il a été de ceux qui se sont levés pour combattre le colonisateur.

Je lus une soudaine considération dans les yeux des assistants. On échangea quelques propos anodins sur la vie au maquis puis, s'excusant auprès de ses interlocuteurs, mon oncle m'entraîna à l'écart.

— Je suis heureux de te savoir vivant. Ahmed m'a prévenu de ton arrivée au village.

Je répondis que j'étais aussi très heureux de le revoir et d'apprendre qu'il venait d'accomplir le pèlerinage.

— C'est un vieux rêve que je caressais depuis ma jeunesse. Maintenant que j'ai marié mes fils et visité la Kaaba, je peux mourir sans regrets.

Puis, brusquement, toute affabilité disparut de son visage qui prit un aspect austère :

— J'ai appris, dit-il, que tu as fait des bêtises, et que les gendarmes te recherchent. Sais-tu que l'un des hommes avec qui nous discutions il y a un instant est le chef de la brigade de gendarmerie ? Heureux qu'il n'ait pas fait le rapprochement.

Je tentai de lui expliquer que je n'avais rien commis de répréhensible, que j'avais simplement voulu demander conseil à mon ancien commandant sur ma situation actuelle qui était très embarrassante.

— Mon fils, fit-il, les Temps Modernes nous réservent des dangers imprévus, et nous devons nous montrer vigilants. Les morts sont des observateurs privilégiés de notre monde et ils peuvent avoir à révéler des vérités que le peuple n'est pas prêt à entendre. Ce n'est pas un déni de démocratie, mais la simple prise en compte de la spécificité de l'étape transitoire que nous traversons. Alors tu comprendras que si le gouvernement interdit la presse étrangère, ce n'est pas pour vous laisser consulter les morts.

— Mais il ne m'a rien dit.

— Mon fils, il est des secrets si lourds que, même dans la tombe, on ne peut se résoudre à les révéler.

Il s'abîma ensuite dans une longue réflexion avant d'ajouter :

— Pour le moment, il convient avant tout de te soustraire aux recherches des gendarmes. Tu as été bien inspiré en passant me voir. Je vais te permettre de t'éloigner du village et d'avoir un travail, car il te faut bien vivre maintenant que tu es de retour au pays. C'est un simple travail de berger, mais c'est temporaire. Nous verrons plus tard à te fournir un emploi en rapport avec tes capacités, qui sont grandes, j'en suis convaincu. De plus, tu seras bien payé.

Je le remerciai avec effusion.

— Il y a tout de même quelques conditions. C'est un travail qui exige la plus totale discrétion. Tu seras aveugle, sourd et muet, te contentant d'exécuter à la lettre les ordres que tu recevras. Est-ce clair ?

J'approuvai de la tête.

— Tu partiras cette nuit. Maintenant, mon fils, va attendre dehors, un homme viendra te chercher le moment venu. Que Dieu soit avec toi.

## 11

Ayant enfin achevé la construction de sa résidence, dans le plus total respect des normes anti-sismiques, l'Administrateur nous a promis qu'il allait s'occuper de nous. Il a affirmé que les études pour l'adduction d'eau étaient très avancées, qu'il envisageait de goudronner toutes les rues, ainsi que la cour centrale, et qu'il allait construire en dur des W.C. distincts pour les femmes et les hommes.

— Qui croit encore aux promesses de l'Administrateur ? demande Omar. S'il nous fallait un réquisitoire contre ces hommes, nous n'aurions justement qu'à établir la liste des promesses non tenues. Ils ont appris à gouverner par le mensonge et la fuite en avant, et croient pouvoir nous leurrer encore. D'ailleurs, aujourd'hui, cela n'a plus guère d'importance : nous nous sommes habitués à vivre dans la poussière et la boue.

Rachid vient vers nous, les mains dans les poches, la tête entre les épaules, poussant devant lui son ombre interminable sous le soleil rasant.

— Encore une fille violée, lâche-t-il.

— C'est la dix-septième.

— On dit que là-bas, chez les familles, les mères n'osent plus laisser sortir leurs filles et les obligent à faire leurs besoins dans la pièce même où elles vivent. Cette zone est devenue un immense dépotoir. La puanteur est suffocante.

## 12

Vers minuit un homme revêtu d'une *kachabia* sombre se dirigea vers moi. Il portait un grand sac à la main.

— Viens, lâcha-t-il, laconique.

Je le suivis sans mot dire et nous nous enfonçâmes dans la nuit. Quand nous fûmes suffisamment éloignés, il me tendit le sac.

— Tiens, me dit-il, c'est pour toi.

Il contenait une *kachabia* identique à la sienne, que je revêtis immédiatement, une lampe électrique, et un fusil de chasse à double canon.

— Attention, il est chargé, ajouta-t-il.

Je mis l'arme à l'épaule et nous nous remîmes en route. Nous marchâmes toute la nuit, coupant à travers forêts et montagnes. Mon compagnon était un infatigable marcheur. Il a dû acquérir cet entraînement au maquis. Au matin nous débouchâmes sur une vaste plaine rocailleuse hérissée çà et là de quelques buissons chétifs mais tenaces. Assis à l'ombre rare d'un rocher, trois hommes nous attendaient. Nous les saluâmes. Puis mon compagnon se roula dans sa *kachabia* et s'endormit. Après quelques instants, je l'imitai.

Je me réveillai vers le milieu de l'après-midi. Mon guide avait disparu. Les trois hommes étaient assis autour d'un feu et préparaient du thé. Quand il fut prêt, l'un d'eux me tendit une tasse. Nous bûmes lentement, en silence.

A la tombée de la nuit, Messaoud, mon premier compagnon, réapparut. Il hocha la tête sans mot dire. L'un des hommes se hâta de partager les galettes et les figues et nous mangeâmes rapidement.

Au bout d'un moment, couvrant le silence de la nuit, naquit un sourd grondement, d'abord presque imperceptible, puis de plus en plus net. Messaoud dressa l'oreille.

— Ils arrivent, dit-il.

Il se leva et s'avança dans la nuit. Nous le suivîmes. Scrutant l'obscurité, nous vîmes apparaître un camion, de couleur crème, puis un second, identique, qui avançaient vers nous tous feux éteints. Messaoud leur adressa trois brefs signaux de sa lampe électrique.

Parvenus près de nous, les deux véhicules stoppèrent. Ils étaient chargés de moutons. Les carrosseries avaient été aménagées avec un double plancher, ce qui permettait un chargement sur deux niveaux.

Messaoud échangea quelques mots avec le chauffeur du premier camion, puis il nous fit un signe de la main pour nous engager à commencer le déchargement. Les deux conducteurs, qui avaient laissé tourner les moteurs de leurs véhicules, descendirent nous prêter main-forte afin de hâter leur départ.

Le dernier mouton débarqué, les deux hommes se remirent aux commandes de leurs engins et disparurent, emmenant avec eux Messaoud.

Il fut convenu de nous relayer par équipes de deux pour garder le troupeau. Nous passâmes ainsi le reste de la nuit et la journée du lendemain. Le soir suivant, les deux camions réapparurent avec de nouveaux chargements. Messaoud accompagnait le premier chauffeur. Délestés de leur cargaison, les véhicules disparurent aussi subrepticement que la fois précédente. Messaoud nous réunit aussitôt pour nous communiquer ses instructions.

— Nous partons tout de suite. Vous conduirez le troupeau, deux hommes à l'arrière, un sur chaque flanc. Je vous précéderai de quelques centaines de mètres. Si vous me voyez revenir ou vous faire signe avec la lampe, vous vous arrêterez aussitôt. Compris ?

Nous approuvâmes.

— Je pars. Vous me donnez un quart d'heure et vous vous mettez en route.

Messaoud englouti dans l'obscurité, mes trois compagnons retournèrent auprès du rocher, ramassèrent leurs affaires, revêtirent leurs *kachabias* et prirent leurs fusils. Je les imitai sans poser de questions. A la fin du délai convenu nous fîmes avancer le troupeau.

Mes compagnons semblaient bien connaître la région et la direction à suivre. Par contre, j'éprouvais beaucoup de difficulté à marcher dans l'obscurité. Il m'arrivait souvent de trébucher contre des pierres ou des buissons. Il me fallait alors utiliser ma lampe. L'un des bergers se rapprocha de moi pour me conseiller de moins y recourir.

Et, pendant toute la nuit, nous marchâmes ainsi.

Au petit matin, nous franchîmes un oued et, après avoir contourné une colline, nous découvrîmes une vague piste le long de laquelle attendaient quatre camions identiques à ceux qui avaient amené les bêtes.

Messaoud se dirigea vers le groupe des chauffeurs assis à l'ombre d'un arbre et échangea quelques mots avec eux. Puis nous commençâmes à charger les moutons. Les véhicules disparus, Messaoud nous conduisit vers un petit fourré peu éloigné. Nous y découvrîmes un panier de provisions. Le repas achevé, chacun se retira dans un coin et s'endormit.

Le voyage de retour se fit suivant de nouveaux chemins et je fus étonné de constater que nous ne retournâmes pas à l'endroit précédent. Il me semblait que nous nous trouvions plus au sud, au creux d'une petite vallée.

Messaoud disparut de nouveau.

Deux jours plus tard, au milieu de l'après-midi, nous le vîmes revenir. Cet homme était un marcheur infatigable.

A la tombée de la nuit, cinq camions chargés nous rejoignirent. Nous conduisîmes ce deuxième troupeau vers la même destination. Mais à l'arrivée, il n'y avait que quatre camions à nous attendre. Après une longue discussion avec les conducteurs, Messaoud finit par s'énerver. Mais ces derniers haussaient les épaules devant les menaces de notre compagnon. On décida finalement de caser toutes les bêtes dans les véhicules disponibles.

En une vingtaine de jours nous effectuâmes ainsi

sept voyages qui se déroulèrent sans autre incident notable.

Avec ses disparitions et ses retours impromptus, Messaoud, actif et taciturne, infatigable et précis, semblait le contremaître vigilant d'une gigantesque trame qui se bâtissait à travers un vaste territoire.

Notre huitième expédition débuta comme à l'accoutumée. Après une heure de marche dans la nuit, nous aperçûmes soudain deux clignotements de lampe. Nous refluâmes précipitamment vers l'arrière du troupeau où Messaoud vint nous rejoindre, sautillant de buisson en buisson. A cet instant précis, nous perçûmes le bruit de moteur d'un véhicule qui, parvenu à l'avant du troupeau, alluma ses phares. Le faisceau de lumière, rasant les dos des moutons, faillit nous surprendre. Nous nous aplatîmes sur le sol.

— Ils ne doivent être que deux, chuchota Messaoud. Ali, tu prends à droite et moi à gauche. Vous deux, restez ici. Vous ferez avancer le troupeau à grande allure le moment venu.

Les deux hommes s'éloignèrent en rampant. Je hissai précautionneusement ma tête pour tenter de voir ce qui se passait à l'avant, mais le puissant cône de lumière occultait tout et je ne pus distinguer que le confus piétinement des bêtes qui ne savaient plus quelle direction prendre. Puis, sur la gauche, j'aperçus l'éclair d'un coup de fusil qui fut suivi d'un grand cri de douleur. Une mitraillette répliqua par trois rafales successives. Je m'aplatis de nouveau contre le sol. Un second coup de feu, puis un troisième. Pas de réplique.

Mon compagnon se releva alors en me faisant signe. Nous nous mîmes à gesticuler et à hurler pour faire avancer le troupeau qui, après quelques hésitations, se décida à contourner le véhicule. Le flux des bêtes coula alors avec fluidité, seulement déchiré par la jeep vert et blanc avec ses phares toujours allumés, ses portières avant grandes ouvertes.

Le voyage se poursuivit à grande allure. Contrairement à notre habitude, nous reprîmes le chemin de retour immédiatement après avoir chargé les bêtes sur les camions. Nous nous dirigeâmes vers les hauteurs des montagnes par des sentiers accidentés mais discrets. Parvenus à un sommet, nous apparut la petite plaine où s'était déroulé l'accrochage de la veille. Il y avait là deux autres jeeps identiques à la première, un camion militaire et un hélicoptère à l'arrêt.

Après avoir longuement observé la scène, Messaoud dit :

— Ils vont sûrement râtisser toute la région avec l'aide de l'hélicoptère. Ils doivent attendre les hommes de troupe pour commencer. Pour plus de sûreté, nous allons nous disperser. Chacun ira de son côté, où il lui plaira. Je saurai vous retrouver plus tard. Nous sommes en deçà de la frontière. Ils ne peuvent pas venir nous chercher ici. Alors faites attention. Ne franchissez la ligne qu'à la nuit venue. Et que Dieu vous garde.

L'un après l'autre mes compagnons disparurent sans mot dire et je restai un instant à contempler la plaine qui s'étendait à mes pieds. Puis je me remis en marche. Quand l'hélicoptère s'éleva dans le ciel, j'étais déjà très loin, bien à l'abri sous l'épaisse forêt. De toute façon, la nuit venait, avec l'obscurité complice.

## 13

D'une longue discussion avec l'Ecrivain, Vingt-Cinq revient persifleur et violent.

— Je sais bien ce que je ferais, si j'étais ministre de la Culture.

Sa phrase est lancée comme un défi à la chambrée. Il cherche des yeux celui qui relèvera le gant pour lui demander son programme. Mais, lassés par sa faconde, choqués par ses affirmations paradoxales et souvent incongrues, la plupart baissent les yeux, faisant mine de s'absorber dans leur occupation, tandis que d'autres s'éclipsent en douce hors de la baraque. Il se dirige alors vers moi. Il aime me destiner ses longues tirades, car je sais l'écouter sans désemparer, en auditeur attentif et silencieux.

— Je pratiquerai sans discontinuer une politique de terrorisme culturel. Je commencerai par payer grassement une armée de censeurs machiavéliques et subtils qui s'emploieront à démasquer les intellectuels de tout bord qui se verront offrir la reconversion, le silence ou l'exil. J'interdirai l'Histoire, et rayerai cette dangereuse discipline des enseignements universitaires. Je réduirai progressivement le nombre de journaux pour n'en plus laisser qu'un seul, à lire ou à ne pas lire, tenu de répéter ce qu'aura seriné la veille une radio en permanence encerclée par des blindés et qui annoncera imperturbablement un ciel d'azur sur tout le pays. Je cadenasserai les portes des téléscripteurs des agences de presse étrangères. J'oublierai d'importer des livres, et laisserai tranquillement chômer acteurs, cinéastes, hommes de théâtre. Je jetterai l'anathème sur les écrivains qui publient à l'étranger et j'égarerai les manuscrits de ceux qui veulent se faire éditer au pays. Alors, pour occuper la scène, je ferai importer, directement d'Amazonie, des aras somptueux, pour les produire à la télévision et laisser le peuple s'extasier de les voir affirmer d'austères évidences dans un langage ésotérique et rare.

## 14

Je me tenais accroupi derrière la margelle du puits quand le chant du muezzin plana sur la ville. Peu de temps après, je vis la porte s'ouvrir et l'oncle Mokhtar apparaître. Dans la fraîcheur silencieuse de l'aube, il avançait à pas lents, humant l'air à petits coups, avec délectation, comme on sirote une liqueur savoureuse et rare.

Il tomba en arrêt en apercevant le double canon du fusil dirigé vers sa poitrine.

— Ah ! c'est toi, fit-il. Comment es-tu rentré ?

— Je veux savoir où est ma femme.

Il soupira profondément.

— Je savais que tu finirais par me poser cette question. Tu es de ceux dont la vie est réglée par un destin implacable.

Il avança de quelques pas.

— Ne bouge pas ! criai-je.

Il haussa les épaules et continua d'approcher.

— Tu crois donc m'effrayer avec cette arme ? Tu es capable de tirer ? Allons, pousse-toi donc, il me faut faire mes ablutions, je ne veux pas rater l'heure de la prière.

Après avoir tiré un seau d'eau du puits, il se dirigea vers un coin du jardin à l'abri des regards pour se purifier. Puis il revint près de moi et disposa une natte sur le gravier de l'allée. Il me jeta un regard.

— As-tu accompli la tienne ?

— Non.

— Qu'est-ce que tu attends ?

— J'ai cessé de faire la prière.

Il hocha la tête et se mit à réciter la *fatiha*. Quand il se releva, je braquai de nouveau le fusil sur lui.

— Où est ma femme ?

Mais il n'avait pas le moins du monde l'air effrayé.

— Notre sort est entre les mains de Dieu, mon fils. Cache donc cette arme, tu risques d'effaroucher la servante qui va apporter le café.

Peu de temps après en effet, une vieille femme parut, tenant un plateau entre ses mains. Elle se retira aussitôt après l'avoir déposé. L'oncle s'assit sur un petit banc de bois et m'invita à l'imiter. Puis il se mit à verser le café dans les tasses. Dans mon pays, on ne sert jamais un plateau de café avec une seule tasse, même pour un seul homme. Le visiteur impromptu a l'impression d'être attendu.

Nous bûmes en silence, savourant le liquide chaud et odorant.

Enfin, Si Mokhtar parla.

— Tu reviens au pays bien après la fin de la fête, bien après que les fanfares se sont tues. Tu aurais pu persister dans la voie de l'oubli, ou, comme Ali, ton cousin, dans celle de l'inconscience. Ce sont aujourd'hui les seuls gages de sérénité. Mais tu veux savoir. Mon fils, ta douleur sera grande.

# 1

Grâce à Fly-Tox, notre baraque est bien approvisionnée, et nous ne manquons de rien. Fly-Tox se livre au commerce international avec nos voisins. Vingt-Cinq reste perplexe à la vue de ces produits ramenés de la frontière pourtant lointaine : des ampoules de 220 volts à baïonnette, du gruyère, des lampes électriques, des thermos, des lames de rasoir, des piles plates 4,5 volts, des bougies pour véhicules, des montres électroniques, des bas de femme, des postes radio miniatures, des couteaux à cran d'arrêt, des pellicules photo, des jeans délavés, des batteries 6 volts pour voitures, des soutiens-gorge, des fers à repasser, des cigarettes Dunhill, des romans-photos, des briquets électroniques, des revues pornos, des bouteilles de whisky, des verres à boire, des chambres à air pour bicyclettes, des cendriers en verre coloré, des cassettes vierges, des cafetières à pression et électriques, du benjoin, des boîtes de Tagamet, des biberons en verre avec tétine, des prises électriques, des amandes décortiquées, des flashes pour appareils photo, des jeux de cartes lavables, du raisin sec sans pépins, des ampoules pour phares de voiture, des réveils, des cocottes minute, des pétards pour les fêtes du Mouloud, des boîtes de concentré de tomate, des interrupteurs électriques avec fusible, des allumettes qui s'allument, de la crème à raser qui mousse, des piles rondes qui ne s'usent pas avant que l'on s'en serve, du fromage blanc de couleur blanche, du lait pour nourrissons non détérioré, du pétrole lampant non mélangé à de l'essence super pour former un mélange détonant, de la colle qui colle, de l'insecticide qui ne revigore pas les mouches, des chaussures non dépareillées et de la même pointure, des pinceaux qui oublient de perdre leurs poils...

La moue de Vingt-Cinq désapprouve la pratique. Mais Fly-Tox l'ayant gratifié d'une bouteille de whisky, le vieillard devient moins sourcilleux.

— Les Temps Modernes nous réservent des changements imprévus, commente-t-il.

Fly-Tox sourit sans répondre.

— Qu'est-ce que tu donnes en échange ?

— Du sucre, de l'huile, du café.

— Dans quel état vivent-ils, à devoir trafiquer sur ces produits ?

Fly-Tox hausse les épaules.

— Toujours prompts à nous apitoyer sur nos voisins. Et nous ?

Le vieillard reste pensif. De son coin, l'Ecrivain épie sa réaction.

— As-tu discuté avec ces gens ?

— Nous ne discutons jamais. Nous nous rencontrons en pleine nuit, dans la montagne.

« On ne voit rien et le temps presse. On procède aux vérifications d'usage, on échange les produits et on se quitte.

— Qui sont-ils ? Comment vivent-ils ?

Fly-Tox se désintéresse de la question. Vingt-Cinq se tourne alors vers l'Ecrivain.

— Ce sont aussi des fils du soleil.

— Pourquoi nous interdit-on de les rencontrer ?

L'Ecrivain hausse les épaules à son tour.

— Cherche trop à comprendre. Va donc siffler ta bouteille. Depuis des siècles déjà, les fils du soleil sont désunis. Une même adversité, au lieu de les rassembler, acheva de semer la discorde, et nos gouvernants réciproques se sont empressés d'institutionnaliser les séparations. Ils restent habiles à inventer les querelles qui doivent perpétuer la division. Et chacun derrière ses barbelés, nous sommes à pleurer en silence nos vertus disparues.

## 2

Pendant deux jours, je marchai à travers champs, parallèlement à la route, afin d'éviter les gendarmes. A l'approche de la ville, je vis un homme assis parmi une herbe grise. Il ne cillait même pas, totalement immobile, telle une statue. Ses vêtements, ses cheveux, son visage, ses sourcils étaient recouverts d'une neige sale. Il donnait l'impression d'un jeune homme grimé en vieillard.

Je m'étonnai de voir cette neige en plein été, alors que la chaleur était étouffante. De plus, il se tenait assis à l'ombre, alors que je ne distinguais aucun arbre, aucun relief qui eût pu ménager cet abri. Partout alentour, le soleil écrasait la vaste plaine, totalement dénudée.

Après l'avoir salué, je l'interrogeai sur l'origine de l'ombre, sur l'origine de la neige.

Sans mot dire, il pointa son doigt vers le ciel. En me retournant, je vis une énorme cheminée, qui montait, montait, infinie, son extrémité se perdant parmi les nuages. Son ombre projetée disséquait impitoyablement la plaine. Je m'aperçus alors que derrière cet homme, à perte de vue, se tenaient d'autres hommes, assis en rang d'oignons dans la même position, recouverts de la même neige sale, semblant profiter de cette ombre miraculeuse étalée sur la plaine tremblante de chaleur.

Je demandai à l'homme quels terribles géants avaient construit cette cheminée sans fin et pour quel occulte usage.

— Ils ont amené des machines qui mangent nos montagnes et construit cette cheminée qui répand partout sa poussière vénéneuse. Meurent les plantes, les bêtes et les hommes tandis que grandit la cheminée. On nous a promis qu'au bout de peu de temps, nous deviendrons des statues. Alors nous attendons.

## 3

Une fébrile animation a régné pendant ces trois derniers jours. On nous a annoncé la prochaine visite de l'Administrateur en Chef. Pour organiser cette tournée, l'Administration s'est mise sur le pied de guerre. La cour centrale a été goudronnée en un temps record, alors qu'auparavant toutes nos réclamations à ce sujet étaient restées sans suite. On nous a distribué des pots de peinture et des pinceaux avec ordre de repeindre toutes les baraques, les trottoirs, ainsi que les troncs d'arbre. Une vingtaine de Sioux supervisent les opérations.

— Tout doit être pimpant, disent-ils, reprenant les mots d'ordre de l'Administrateur.

On nous a distribué des costumes de coutil d'une horrible couleur verte.

— C'est toujours ça de pris, commente Rachid qui, abandonnant ses haillons, a immédiatement revêtu le sien et se pavane au milieu de la cour avec des allures de matador.

Mais Omar n'a pas décoléré.

— A chaque visite, on organise ainsi méticuleusement la mise en scène. Les yeux de nos grands dirigeants s'offusquent-ils à la vue de la crasse et de la misère ? Ou s'agit-il d'une entreprise organisée à leur insu pour achever leur cécité et laisser ainsi les caïmans locaux régner sans partage sur leurs marais ? Sont-ils à ce point ignorants de la réalité pour se laisser leurrer par cette grande parade, avec ces pots de fleurs loués à grands frais, ces travailleurs ramenés par camions d'une centaine de kilomètres à la ronde pour organiser la claque ? Et, sinon, pourquoi laissent-ils faire ?

Fruits des conseils subversifs de Vingt-Cinq, plusieurs slogans sont apparus sur les murs des baraques. Mais leurs auteurs ont été immédiatement fusillés. On a obligé les petits commerçants à munir leurs magasins d'enseignes lumineuses libellées en arabe. Se prétendant très versé dans la connaissance de cette langue, Vingt-Cinq prévient les Sioux, pour la plupart analphabètes, que certains mots utilisés ne sont pas de facture classique. Il s'amuse à voir ces derniers ordonner la destruction des inscriptions hérétiques. Les commerçants maugréent mais s'exécutent. Et Vingt-Cinq passe à nouveau devant les magasins, scrutant longuement les caractères inscrits sur le plastique, hoche la tête ou fait la moue, avant de continuer son inspection, guetté par les regards inquiets des épiciers.

C'est sur ses conseils qu'on a hâtivement badigeonné de bleu, pour les couvrir, toutes les inscriptions en langues étrangères, y compris celles des plaques des noms de rues. Vingt-Cinq exulte à la vue du désastre.

— Inespéré ! Magnifique !

Il va et vient, jubilant devant le spectacle.

— Ma fortune est faite, car je connais les plans secrets de l'Administration. Avec nos villes transformées en labyrinthes, je vendrai à prix d'or les plans devenus introuvables, aux facteurs, aux livreurs, à tous les étrangers égarés. Je me ferai revendeur de machines à écrire. Car, pour préparer l'avenir totalement unilinguisé que l'Administration nous promet, on a décidé une vaste opération d'importation de machines à écrire à caractères arabes. Ils seront obligés de mettre au rebut le parc de machines actuelles et je ferai fortune.

Fly-Tox s'est toujours montré totalement imperméable aux discours du vieillard. Mais aujourd'hui, il est vivement intéressé par le projet de revente des machines à écrire. Il aborde diplomatiquement Vingt-Cinq et, après un long préambule destiné à égarer d'éventuels concurrents, il lui demande des précisions. Son interlocuteur reste évasif. Fly-Tox lui fait don d'une bouteille de whisky qu'il est allé chercher dans un placard aussi fourni en produits qu'un supermarché capitaliste. Mais le vieillard n'a rien à ajouter et Fly-Tox se désole devant le manque de sens pratique de son compagnon.

## 4

Je vis de loin apparaître la ville avec ses hautes maisons à étages. J'empruntai l'avenue principale. Il y régnait un bruit infernal. D'énormes camions allaient, venaient, klaxonnaient très fort ou faisaient gronder leurs moteurs. Je me sentis étouffer. Devant un grand magasin, mon attention fut attirée par un étrange manège. Une longue file d'hommes et de femmes s'allongeait sur le trottoir, en plein soleil. Un policier allait et venait le long de la rangée. De temps en temps il désignait quelqu'un avec son bâton. L'homme, ou la femme, s'approchait, répondait aimablement au salut du policier, ôtait sa coiffe, et tendait le crâne en se courbant légèrement, comme pour une révérence. L'agent lui assenait alors un grand coup de sa matraque et la personne reprenait sa place dans la file en remerciant avec effusion. Mais la chaleur était de plus en plus lourde, le policier suait de plus en plus, ôtait de plus en plus souvent sa casquette pour s'éponger le front, s'énervait en observant la queue interminable, frappait de plus en plus fort, tandis que les gens, impeccablement alignés, attendaient en souriant avec une infinie patience.

## 5

L'Administrateur en Chef est arrivé dans sa voiture blindée. Vingt-Cinq et l'Ecrivain n'ont pas pu assister au meeting, car, considérés comme subversifs, ils ont été consignés dans la baraque.

L'Administrateur en Chef a dit en substance :

— Ce jour est un grand jour, car nous avons achevé le grand document que le peuple entier attendait. Vous y trouverez des réponses à toutes vos questions.

Puis il est reparti dans sa voiture blindée. Un moment, j'avais espéré pouvoir l'approcher pour lui rappeler mon cas. Mais le service d'ordre nous a tenus très éloignés. Omar n'a pas cessé de grogner durant tout le discours.

— Pourquoi cette débauche de motards, de gorilles, de policiers en uniforme ou en civil, cette voiture blindée, et cette tribune si lointaine, séparée de la foule par des chevaux de frise ? Que craignent-ils donc, ces dirigeants aimés du peuple ? Et si brusquement, grenade imprévue, le micro lui explosait dans la bouche ?

## 6

Déambulant le long des rues de la ville, je me rendis compte que j'avais été bien léger de me mettre en route sur la base d'une vague indication. Mais je n'imaginais pas la ville si grande, si peuplée. Les gens que j'interrogeais haussaient les épaules avant de continuer leur chemin, fiévreux et pressés, se demandant d'où pouvait sortir ce personnage hirsute avec ses questions incongrues. Une barbe de plusieurs jours me mangeait le visage et, en dépit de la chaleur, je portais toujours ma *kachabia,* afin de cacher le fusil. Vers le milieu de l'après-midi, recru de fatigue, je m'assis sur le trottoir, au coin d'une rue ombragée, face à un demi-vieillard qui avait posé sur une petite table ses instruments de cordonnier et attendait d'éventuels clients. Je le regardai travailler. A ses gestes efficaces et précis, je reconnus l'homme de vieux métier. Mais il me sembla que ma présence le gênait car, tout en travaillant, il me jetait de brefs regards, de plus en plus mauvais. Il finit par m'interpeller brutalement.

— Hé, l'homme ! Tu attends de prendre racine ?

Je souris sans répondre.

— A moins que le spectacle ne te fascine. Tu peux en profiter, c'est encore gratuit.

— Tu es cordonnier ?

— Cordonnier ? Allons donc, c'est une race qui a disparu depuis longtemps. Comment résister, face à toutes ces nouvelles usines qui fabriquent des chaussures en carton-pâte, bien rondes et bien vernies, mais qui perdent leurs semelles dès la première flaque d'eau ? Alors les clients ont compris. Ils m'amènent leurs souliers neufs dont je cloue les semelles. C'est pour cela que tu me vois installé en face d'un magasin de chaussures. Cordonnier ? Non, simple cloueur de semelle. Bien longtemps que je n'ai plus senti le cuir souple et lustré obéir à mes doigts comme une femme aimante et douce.

— Moi aussi, autrefois, j'étais cordonnier.

— Tu as bien fait d'abandonner.

Ce fut alors que, précédés d'un mouvement de foule affolée, débouchèrent du coin de la rue deux policiers. L'établi du cordonnier fut renversé d'un grand coup de pied rageur. Avec une agilité insoupçonnable à son âge, l'homme se leva de son petit banc, et, abandonnant tout, s'enfuit à vive allure. D'autres camelots, établis un peu plus loin plièrent bagages précipitamment pour s'éclipser. L'un des agents continua de les poursuivre. Son collègue, essoufflé, resta debout près de moi à observer la scène. Je me relevai et, lentement, me mis à ramasser les outils épars du cordonnier. Le policier, rouge de fureur, se précipita vers moi, son bâton haut levé. Mais je lui lançai un tel regard qu'il n'osa pas achever son geste. Il s'éloigna en marmonnant en direction de son coéquipier.

Le calme revenu, je vis approcher à pas prudents le cordonnier.

— Je regrette, lui dis-je, on ne pourra pas récupérer les clous.

— Merci, répondit-il.

— Pourquoi font-ils cela ?

— Il est une loi, plus âgée que le siècle, qui proscrit dans la ville les camelots et les vendeurs ambulants : les petits métiers de la misère. Faut-il qu'ils aient mauvaise conscience pour brandir contre nous ces vieilles réglementations !

Il observa un moment ses outils rassemblés, ouvrit un grand sac et les y fourra.

— Allons, fit-il, c'est ainsi. La journée est foutue, je rentre chez moi. Salut à toi, l'homme.

Il hissa son sac sur l'épaule et se mit en marche. Au bout de quelques pas il se retourna et me vit toujours immobile. Il revint lentement vers moi.

— Qu'est-ce que tu attends ici ?

— Rien.

— On voit à ton allure que tu n'es pas de la ville.

— Non.

— Je m'en doutais. Encore un vagabond. Ta sollicitude m'étonnait. Qu'est-ce que tu es venu faire dans cette ville ?

— Je cherche ma femme et mon fils.

— Sais-tu où ils habitent ?

— Non, justement.

— Alors, comment penses-tu les retrouver ?

— Je ne sais pas.

— Autant chercher une aiguille dans une botte de foin. Que vas-tu faire maintenant ?

— Aucune idée.

— Viens donc avec moi, bonhomme, nous partagerons l'assiette de pommes de terre bouillies. Demain il fera jour.

— Où habites-tu ?

— Là-bas, dans « la ville nouvelle ».

## 7

Nous sommes assis dans un coin de la salle. Près de nous, Omar divague à voix basse. Je surprends une étrange tendresse dans le regard de Vingt-Cinq.

— Elle aimait me lier les mains avec ses cheveux. Puis elle me disait qu'elle s'attachait à moi, que j'étais un ensorceleur costumé en étudiant. Et, éclatant de rire, elle s'enfuyait, laissant traîner derrière elle un long sillage de cheveux épars et doux. Je tentais de la suivre à la trace, guidé par son parfum. A chaque carrefour, je la voyais qui m'attendait, cuirassée d'un sourire moqueur. Mais à mon approche elle s'évanouissait dans l'atmosphère, me laissant dans un total désarroi. Je buvais l'air emprunt de ses cellules désintégrées et mon cœur se gonflait. Je ne la retrouvais qu'au matin, au lever du soleil, quand elle venait gratter au rideau de la fenêtre de ma chambre. Dans mon demi-sommeil, je confondais son gazouillis avec celui des oiseaux et continuais à me prélasser dans mon lit. Alors elle se mettait à me houspiller, me traitant de loir et de mauvais étudiant toujours en retard à ses cours. Le rideau tiré, elle m'apparaissait avec son sourire et ses cheveux. Je tendais les bras vers elle, mais elle reculait, et je rageais contre le mur stupide qui nous séparait. Mes bras s'allongeaient, mais sans jamais pouvoir l'atteindre. Alors, de guerre lasse, j'allais m'asseoir sur mon lit où je faisais semblant de bouder, épiant sournoisement son approche. Elle revenait lentement, à pas prudents, et maintenait entre nous une distance détestable. Elle disait qu'il fallait me soigner. Mais désormais, pour rien au monde, je ne souhaitais guérir de ce mal qu'on m'affirmait diabolique et sournois mais qui me permettait, étendu sur mon lit, de divaguer à mon aise jusqu'à une heure avancée de la nuit.

« J'abusais de cigarettes, et j'abusais de morphine. Mais quand, enfin, lentement, par degrés insensibles, comme une marée, la douleur refluait de mon corps, je m'employais à peupler ma chambre de mes fantômes familiers, et je retrouvais Hamida fraîche et neuve comme au sortir du bain. Le premier homme rencontrant la première femme. Mais je ne pouvais supporter l'intensité de la vision et je regrettais aussitôt ma folie. Trop tard. Sans hâte et sans trêve, Hamida approchait vers moi, d'une démarche aérienne et souple. Son peignoir de bain moulait ses seins et ses hanches et je me sentais envahi par une folle panique à l'idée de la voir dénouer la ceinture et se débarrasser de son tégument pour m'apparaître dans sa terrible nudité. Me trahissaient mes yeux, qui, fixés en un point donné, ignoraient mes efforts désespérés de cécité volontaire. Que peut ma volonté, face à ce lent déhanchement rapprochant de moi une soyeuse obscurité ? J'émergeais haletant de mon viol imaginaire. Elle se penchait alors vers moi pour attirer mon visage contre ses seins. Elle disait qu'il n'y a pas d'impudeur dans l'amour.

## 8

« La ville nouvelle » se trouvait au nord de la vraie ville, implantée sur un vaste marécage régulièrement inondé en hiver par les crues de l'oued proche, et l'eau stagnante abritait une colonie de grenouilles entretenant un concert permanent de coassements. C'était un ancien parc d'une société de transport de voyageurs qui avait l'habitude d'y entreposer ses véhicules réformés. Parc immense, autocars innombrables. Ils furent graduellement investis par les sans-logis arrivés dans la ville, les vagabonds, les paysans en rupture de ban, les miséreux et les orphelins à la recherche d'un abri pour se protéger des bises de l'hiver. Puis chaque attributaire, prenant ses aises et ses habitudes, finit par aménager le plus confortablement possible son véhicule.

— C'est très commode, commentait Saïd le cordonnier, et cela peut avantageusement supporter la comparaison avec une cave ou un quelconque taudis. La preuve, il n'y a plus un seul véhicule disponible, et les partants exigent un pas de porte considérable pour céder leur logis. Le seul inconvénient, c'est qu'il faut porter des bottes pendant toute l'année afin de pouvoir patauger tranquillement dans l'eau dormante. Il y a aussi l'odeur, mais on s'y habitue très vite.

Mon compagnon observa un moment mes pieds.

— Tu vas devoir mouiller tes souliers. Retrousse ton pantalon et suis-moi à la trace. Il ne s'agit pas de tomber dans une crevasse.

Je lui demandai s'ils n'avaient pas d'ennuis avec les autorités à occuper ce lieu.

— Comme pour la rue. La société de transport a déposé une plainte un jour, et les policiers, à l'aube, ont investi les lieux. Ils comptaient sur l'effet de surprise, comme pour une véritable opération militaire. Mais ils eurent tôt fait de s'enliser dans le marécage et nous nous amusâmes beaucoup à les regarder barboter. Comme personne ne voulut s'enfuir, ils parvinrent enfin à nous embarquer dans leurs camions aux fenêtres grillagées. Mais nous étions si nombreux que les camions ne suffirent pas. De plus, ils ne savaient pas où nous emmener. S'affolaient. Les ordres contradictoires fusaient de toute part, salués par nos moqueries. Ils nous ont finalement parqués dans la vaste cour d'une caserne. Nous en avons profité pour fraterniser avec les soldats et certains officiers qui se sont mis à gronder avec nous. Il a bien fallu nous libérer et nous avons repris nos habitudes. Maintenant, nous sommes si nombreux qu'ils n'osent même plus nous approcher. Ils se contentent de nous accuser de tous les maux de la ville. Ils disent que tous les méfaits commis dans la ville sont le fait de coquins de chez nous. Affirment que c'est nous qui propageons la fièvre typhoïde dans la région, parce qu'il leur a bien fallu reconnaître une augmentation de la fréquence de cette maladie.

L'un suivant l'autre, nous parvînmes à bon port et Saïd sortit de sa poche une clé pour ouvrir le cadenas muni d'une chaîne qui fermait la porte avant du véhicule.

— Voilà, fit-il d'un geste large qui m'offrait d'apprécier l'installation. Tu peux te mettre à l'aise.

Il déposa son sac et se dirigea vers l'arrière de l'autocar transformé en cuisine. J'ôtai ma *kachabia*. A la vue du fusil, Saïd me dédia un long regard.

— Il est à toi ? demanda-t-il en rapportant le plat de pommes de terre.

— Oui.

Il n'insista pas.

— Que comptes-tu faire maintenant ?

— Me mettre à la recherche de ma femme et de mon fils.

— Cela risque de prendre du temps. A moins d'un hasard exceptionnel.

— Je suis patient.

— Mais as-tu de quoi vivre en attendant ?

— Non.

— Je me disais aussi que tu n'avais pas l'air d'un rentier. Tu peux faire une chose : vendre ton fusil. Au marché noir, il atteint des prix faramineux. Deux longues années de salaire d'un bon ouvrier. De quoi vivre à l'aise pendant longtemps.

— Je ne veux pas vendre le fusil.

Il s'assit et m'invita à faire de même.

— Voilà le sel. Drôle de bonhomme, en vérité. Te voilà surgi dans la ville, en plein soleil, comme un mirage, ta *kachabia* cachant un fusil, prétendant rechercher une femme et un fils dont tu ne sais rien, et qui peut-être n'existent que dans ton imagination.

— Ma femme et mon fils existent vraiment.

— Mange donc, bonhomme.

## 9

— Ma douleur renaissait au coucher du soleil, à l'instant de ma gloire. Hamida se faisait amoureuse et lascive. Ses mains cherchaient mes mains, sa tête mon épaule. Elle me murmurait à l'oreille de tendres folies. Mais je feignais l'indifférence, car c'était l'heure de ma revanche sur les ombres de la nuit. Assis sous un arbre, ma guitare entre les bras, j'égrenais des notes longues et tristes et ma musique attirait peu à peu des couples attendris qui me saluaient silencieusement d'un geste ou d'un sourire. Hamida devenait jalouse et inventait mille prétextes pour me presser de rentrer. Mais je n'étais pas dupe, et m'amusais de ce furieux égoïsme qui prétendait me priver de mes amis.

« En ces trop courts moments, avec ma douleur renaissante, j'avais besoin de ces êtres attendris agglutinés autour de ma musique pour m'aider à percevoir la seule excuse à ce monde et puiser la force de renoncer aux ambitions diurnes.

## 10

— C'était au maquis. Un éclat de bombe a emporté trois doigts et une partie de la paume. J'en avais fait un drame à l'époque : je me croyais devenu infirme. J'avais tort. Le pouce et l'index sont les deux doigts vraiment utiles de la main, et je me débrouille très bien aujourd'hui sans le reste. Il n'y a plus que le malaise des gens qui me serrent la main pour me rappeler ma blessure.

« La paix revenue, je suis allé demander du travail dans une usine de fabrication de chaussures que l'Etat venait de terminer de construire. Je leur ai dit que j'étais un ancien cordonnier, familiarisé avec le travail du cuir, et qu'après un bref entraînement, je pourrai occuper n'importe quel poste, conduire n'importe quelle machine. Mais ils ont observé ma main et répondu qu'ils ne pouvaient pas m'employer dans l'atelier parce que j'étais un handicapé. Je leur ai affirmé que je pouvais tout faire avec mes deux doigts, mais ils n'ont rien voulu savoir. Comme j'insistais, ils ont finalement consenti à me proposer un emploi de planton, en raison de ma qualité de Compagnon.

« J'ai refusé.

— Pourquoi ?

— Dans mon pays, n'est pas un homme au sens plein du mot celui qui ne peut pas gagner son pain à la sueur de son front. Dans les assemblées, personne ne demande son avis, et il rencontre de la difficulté à trouver femme. Je ne suis pas handicapé. J'ai vu ainsi des centaines de Compagnons parqués dans ces emplois inutiles, parasites dont la seule fonction est d'améliorer les statistiques de l'entreprise. Toute ma vie durant, il m'a fallu peiner pour gagner ma pitance. Je suis encore capable de le faire. Je ne veux pas vivre de charité déguisée.

— Alors ?

— Pendant que j'y pense, toi, ils pourraient te recruter. Mais tu dis n'avoir aucun papier ?

— Non.

— Tu ne pourras travailler dans aucune entreprise de l'Etat : les pièces d'un bon dossier y comptent plus que ce que tu sais faire.

— Ensuite ?

— Le directeur, que je soupçonnais d'avoir envie de me prendre en pitié, m'a dit qu'en ma qualité de blessé de guerre j'avais droit à une pension et qu'il me suffisait de constituer un dossier auprès de l'administration compétente. Je lui ai ri au nez, en ajoutant que je voulais du travail et non des conseils.

— Qu'est-ce que tu as fait après ?

— Je me suis tourné vers les entreprises privées. Les patrons de celles-ci se fichaient de ma qualité de Compagnon et ne se donnaient pas même la peine de refuser poliment. Ils se contentaient de faire non de la tête. Régulièrement insultés dans les discours officiels, ils bâtissaient leurs fortunes, et pour se venger cultivaient l'arrogance et l'ostentation.

« Il y en a eu finalement un qui accepta de me recruter. J'ai vite compris pourquoi. Il s'agissait de moudre le piment rouge séché pour le transformer en poudre. Une dizaine d'ouvriers dans une cave. Un petit soupirail grillagé nous empêchait d'étouffer. Nous ne devions jamais nous attrouper au-dehors, la porte d'entrée était cadenassée aussitôt après notre entrée, et il nous fallait travailler dans le plus grand silence, car le fabricant de condiments ne possédait aucune autorisation, ne faisait aucune déclaration d'activité et vivait dans la hantise d'une dénonciation suivie d'une visite des inspecteurs du fisc. Usine et travailleurs clandestins. Mais, surtout, dans ce réduit obscur, il fallait respirer une atmosphère chargée de poussière de piment. Au bout d'une heure de travail, j'avais les yeux rouges et larmoyants, la gorge et le nez brûlants. Chaque fois que j'avalais ma salive, je sentais, le long de mon gosier, la douleur s'acheminer lentement vers l'estomac. Je n'ai pas pu tenir plus d'une demi-journée.

— Alors ?

— Alors j'ai fini par aller demander ma pension. J'ai eu à fournir des dizaines et des dizaines de documents. Puis on m'a demandé d'attendre. J'attends toujours. Cela va faire bientôt dix ans. Régulièrement, chaque mardi matin, jour de réception, je vais m'enquérir de l'avancement de mon dossier. Nous sommes plusieurs dizaines à effectuer ce pèlerinage hebdomadaire. Nous faisons la queue le long d'un couloir interminable. Les employés passent sans nous accorder la moindre attention, tant nous sommes devenus un élément familier du décor.

« Les ouvriers de l'usine de chaussures aussi se

sont habitués à me voir chaque matin, sauf le mardi, attendant devant la grille d'entrée. Ils me croient un peu fou. Qu'importe. Qu'ils se moquent ou me jettent des pierres, j'attendrai ainsi jusqu'à ce que le portail de l'usine s'ouvre enfin pour moi.

## 11

— Elle jeta son dévolu sur moi au premier jour de mon arrivée et entreprit aussitôt de régenter mon existence, de dicter mes certitudes, de commander mes sentiments, comme si elle n'avait jamais douté de mon total consentement, de l'effet de son sourire, de la finesse de ses cheveux. Elle me poussait vers une surenchère permanente et folle, vis-à-vis d'elle-même et de tous les autres, comme si j'étais un joueur dans l'arène, son champion, alors que, excluant tous les défis, toutes les vanités, je n'aspirais qu'à observer une halte dans l'ombre propice de ces longs corridors, à m'envelopper lentement d'un cocon d'amitié afin de cultiver dans le calme ma douleur et mes fantasmes. Je ne faisais que sourire face à sa belliqueuse ardeur, tandis que mes amis hochaient la tête, m'invitant à tendre la main revendiquée. Il me fallut sacrifier mes solitudes, surseoir à mes rêves, et m'engager à sa suite le long de chemins insoupçonnés, pour découvrir en fin de compte bien des compagnons ignorés, porteurs d'autres maux, et déboucher ensemble dans l'arène sanglante, écrasée de chaleur, où la poussière buvait le sang, où grouillaient les scorpions qui embrassaient les hommes dans un carnage méthodique et muet.

« Mes amis disaient leurs rêves et la force des armes qui permet de confisquer le pouvoir. Nous en voulions au soleil, qui continuait sa course impassible, au peuple, déjà lassé par les montagnes de promesses non tenues. Face au complot des armes, nous aurions voulu voir l'astre fondamental marquer une petite hésitation, ne serait-ce que durant une seconde, pour dire sa non-indifférence. Il est des jours où le soleil ne doit pas paraître ! Nous projetions de le kidnapper, par mesure de représailles, pour lui apprendre à ne diffuser ses rayons et sa chaleur qu'avec discernement, lui commander le refus de la compromission, afin de laisser les suborneurs du peuple dans le froid et l'obscurité.

« Nous parlions d'apprendre au peuple à ne plus se laisser piéger, à descendre dans la rue pour un oui pour un non.

« En ces moments, Hamida me déniait le droit de me taire, même à l'instant de ma douleur renaissante. Je devais alors crisper mon sourire et poursuivre ma harangue. Je retournais dans ma chambre livide et pantelant. Elle me remerciait par une débordante tendresse mais refusait toutes mes invites pour disparaître au fond du couloir. Je restais seul avec ma douleur et mon désir.

« Parfois, lassé de ses manèges, je faisais mine de l'ignorer pendant plusieurs jours. Je la voyais alors écumer de rage, me menacer, projeter devant moi d'assassiner toutes ses rivales, mais sans se résoudre à faire le pas qui n'aurait pas manqué de lui ouvrir mes bras. Elle savait déjouer tous mes pièges secrets pour rester omniprésente et insaisissable, et, toujours à l'instant fatidique, inventait ces mille détours qui lui permettaient de m'échapper dans une longue traînée de cheveux.

« Elle reparaissait aux moments les plus incongrus, déployait son sourire, entamait ses rites magiques, de moi parfaitement connus, destinés à m'enchaîner à ses cheveux, à désarmer une ancienne rage. Malgré ma finesse, je ne pouvais échapper à son sortilège.

« Mais mon sourire n'était que d'amertume.

« Un jour, sans ménagement, j'ai tout déversé, comme un barrage qui cède, donnant enfin libre cours à ses eaux trop longtemps retenues. Je lui ai décrit le champignon qui me rongeait le ventre, jour après jour, insensiblement mais inexorablement, je lui ai énuméré mes séjours répétés dans les grandes salles aseptisées, la couchette où j'allais m'étendre quotidiennement pour voir l'approche rectiligne du canon chromé qui s'arrêtait au niveau de mon ventre et y déversait ses rayons, je lui ai parlé des soupirs dépités des médecins qui ne continuaient leur traitement que par besoin d'agir, sans espoir d'une quelconque rémission, encore moins de guérison, je lui ai expliqué comment ces rayons, au début porteurs d'espoir, devenaient rayons de la mort, détruisant graduellement les cellules encore saines, venant ainsi soutenir la progression du mal, je lui ai raconté la détresse de se retrouver un matin à la porte de l'hôpital, avec son mal toujours au creux du ventre, mes vomissements de sang et de bile mêlés, la douleur lancinante, mes piqûres de morphine, afin de lui faire comprendre que le temps me manquait pour me livrer en toute quiétude à ces jeux recommencés.

« Elle s'est enfuie en sanglotant le long du couloir.

« Je pris brusquement conscience de ma monstruosité et du désastre que je venais de provoquer. Hamida meurtrie, comment soigner la blessure des mots ? Terrible inconscience, aveuglement de bourreau. Pour Hamida épargnée, je recommencerais mille calvaires. Par ce transfert équivoque, je n'avais fait que dédoubler le mal, Hamida souffrait à l'idée de ma souffrance. Pourquoi cela ? Etait-ce par nécessité de rompre les amarres, pour éviter l'impasse de nos relations ? N'aurait-il pas mieux valu jouer le jeu jusqu'à l'extrême limite, pour la placer en fin de compte devant le fait accompli ? La réalité têtue est souvent bon médecin.

« Je ne sais pas. Je ne sais pas. Tout se brouille dans ma tête, c'est le vertige, et je sens venir les larmes. Amis, ô mes amis, que Dieu ait pitié de nous !

## 12

— Hé, l'endormi !

Je ne dormais pas. Simplement ramené sur ma tête la capuche de ma *kachabia,* adossé contre un arbre, dans cette rue déserte, afin d'éviter toute rencontre avec des policiers. J'avais de loin perçu le bruit de moteur du camion qui s'arrêtait tous les dix mètres avant de repartir, traînant après lui le concert métallique des poubelles malmenées.

Je relevai lentement la capuche de ma *kachabia.*

— Tu veux travailler ?

— Où ça ?

— Avec moi.

— C'est possible ?

— Enlève ta *kachabia* et mets ces gants. Tu t'occupes d'un trottoir de la rue et moi de l'autre. Il suffit de vider les poubelles dans le camion. Mais s'agit pas de traîner, hein ? Le camion n'attend pas.

Je sautai sur mes pieds.

Vers dix heures, quand, le travail achevé, nous retournâmes au parc communal, Rabah, mon compagnon, alla s'entretenir avec Salah, le responsable de secteur. Ce dernier me fit signe de le rejoindre et m'emmena vers le bureau du chef de service de la voirie, qui resta longtemps à grogner son mécontentement.

— Ici, rien ne se fait jamais correctement. Qu'est-ce que tu veux que je fasse de lui ? Aucune pièce d'identité. Je ne peux recruter un fantôme ! Je lui donne quinze jours pour compléter son dossier, sinon...

Salah haussa les épaules.

— Sinon, tu me trouveras, toi, pour remplacer Akli, quelqu'un qui, pour un salaire de misère, acceptera de se lever aux aurores, été comme hiver, sous la pluie et le vent, pour aller le long des rues ramasser la merde des autres. Parce que si Rabah n'a pas de coéquipier, il ne sortira pas demain.

— Tu es toujours à gueuler comme si on t'arrachait une dent.

— Toi, tu es plus à l'aise. Tes mains restent propres et tes enfants sont bien nourris.

— Je te répète pour la millième fois que je n'ai aucun pouvoir de décision sur les rémunérations. Vous êtes classés selon une grille que nul ne peut modifier.

— Un jour, on te montrera qu'on peut la modifier.

— Je ne veux pas discuter de ça. C'est bon, tu peux embaucher ton gars.

— Viens avec moi, toi le nouveau.

Nous sortîmes dans la cour.

— Tu continueras de faire équipe avec Rabah. Il dit que tu t'es bien débrouillé ce matin. Quelques conseils. Ne jamais aller chercher les poubelles à l'intérieur des immeubles. C'est le travail des concierges de les sortir sur le trottoir. Ne pas ramasser ce qui n'est pas dans un récipient ou un sachet. Pas le temps. Nous sommes quelques chats à nettoyer toute la ville. Le camion n'attendra pas. Ne pas non plus tomber dans le jeu des commerçants qui voudront te faire nettoyer leur boutique en te glissant la pièce. Tu devras être là à trois heures précises. Tous les jours. Dimanche et jours fériés compris. Et pas d'absences. Jamais. Nous n'avons personne pour te remplacer. Si tu n'es pas là, c'est Rabah qui aura à faire tout le travail.

## 13

— Nous avancions le cœur serré vers l'arène sanglante, et notre marche emplissait de joie cruelle les cœurs de nos bourreaux qui souriaient en observant notre approche, car les événements se déroulaient exactement selon leurs plans, ourdis de longue date, minutieusement mis en œuvre, avec une habileté consommée, le temps avait joué pour eux, ils avaient pu nous boucher toutes les autres issues, et nous avancions toujours, lucides et calmes, certains de l'échéance finale, mais nous ne pouvions refuser l'affrontement ni le reculer, sous peine de sombrer dans la phraséologie ou le renoncement, et, conjurant notre panique, nous avancions les mains nues face à l'incroyable panoplie qu'on nous opposait, et notre détermination faisait jubiler nos bourreaux, désormais assurés de ne pas se faire confisquer leur victoire.

« J'ai perdu Hamida au milieu de la tourmente.

« Un accident. Un simple accident, ont-ils dit.

« Que s'abreuve encore de sang le sol de ce pays, car le soleil dessèche tout, et notre mémoire est courte ;

« Que s'abreuve encore de sang le sol de ce pays, pour tatouer la mémoire collective, qui, refusant le silence complice, saura, le temps venu, ressusciter nos souvenirs ;

« Que s'abreuve encore de sang le sol de ce pays,

j'appellerai à notre secours les plaintes de tous les damnés du monde ;

« Que s'abreuve encore de sang le sol de ce pays, j'invoquerai le Coran, dans sa splendide pureté, et je brandirai ses versets pour pourfendre l'oppression ;

« Que s'abreuve encore de sang le sol de ce pays, j'irai haranguer les montagnes, et me faire volcan pour vomir ma rage ;

« Que s'abreuve encore de sang le sol de ce pays, nous continuerons à marcher vers l'arène sanglante et à défier les scorpions de l'été.

## 14

Le travail d'éboueur permet de bien connaître la ville. Chaque matin, on en visite tout un secteur, rue par rue. On apprend à distinguer les quartiers aisés, propres, avec leurs poubelles bien alignées le long des trottoirs, des quartiers populaires où les détritus épars jonchent le sol. Dans ces derniers, on se débarrasse comme on peut de ses restes : dans des vieux sachets en plastique, éventrés de tous côtés, dans des bidons cabossés, dans des cartons huileux et parfois simplement en les jetant par la fenêtre. Ces rues restent aussi sales avant notre passage qu'après. Les rats y prolifèrent. Beaucoup d'éboueurs furent mordus par ces bêtes. Vingt-Cinq prétend que ce sont les meilleurs agents de l'Etranger qui les utilisent pour propager dans le pays la peste et des tas d'autres maladies. Il ajoute sournoisement que le gouvernement est au courant mais qu'il laisse faire dans le but de diminuer la croissance de la population.

Chaque jour on assiste au réveil de la ville. S'animent en premier les quartiers pauvres qui vomissent dans les rues leur prolétariat. Pressés. Pas même le temps d'avaler un café. Ça sert à rien de se raser. Les vêtements et le visage froissés. Les ouvriers ont le matin hargneux, leurs corps contiennent encore des restes de fatigue de la veille. Ils tirent goulûment sur la première cigarette et se bousculent sans ménagement ni excuses pour monter dans les bus. Les fonctionnaires, qui s'éveillent tard, s'émerveillent en constatant le retour du soleil et leurs poubelles vides, hument à petits coups la fraîcheur du matin, achètent le journal dont ils parcourent les gros titres avant de le plier sous le bras et saluent cérémonieusement les collègues rencontrés. Les commerçants arrivent les uns après les autres, sans hâte, éructant encore les vapeurs de leur festin de la veille, soulèvent le rideau du magasin et ignorent le voisin qui les regarde, car ils se vouent des haines sans fin et sans objet. Les ménagères, avares de leur temps, se dirigent à pas pressés vers les marchés. Elles se bousculent devant les étals des marchands, engouffrent sans compter les marchandises dans leurs paniers larges et pansus, insatiables, simplement pour imiter ou précéder la voisine, et le vendeur s'émerveille de voir ses produits disparaître malgré les prix effarants, qu'il se promet d'augmenter encore le lendemain, simplement pour sonder le volume des bourses et des panses. Il observe les ménagères dodues, évalue le gigantesque transfert des étals vers les couffins, qui s'opère au même moment en mille endroits de la ville, songe au miracle qui transforme ses produits en graisse enflant les corps des citadines. « Et si je foutais l'une d'elles sur le plateau de la balance ? Quelle montagne de poids pour ramener le fléau ? »

Comme dans une immense fourmilière, des monceaux de victuailles sont happés par les portes béantes des immeubles qui, à la tombée du jour, quand le silence s'installe, se mettent à dégorger les résidus, pour laisser enfin dormir leurs habitants repus. Tant de fébrile activité, tant d'efforts et de peine, pour alimenter les poubelles et les égouts !

## 15

— As-tu peur de la mort ?

Omar reste un instant abasourdi, pris en traître par la question. Il papillote des paupières et s'émeut devant la soudaine et grave attention de ses amis qui l'encouragent du sourire. Il s'effare et cherche un moyen d'éluder l'interrogation. L'Ecrivain, qui regrette son interpellation, se lève pour créer une diversion mais nul ne lui prête attention.

— Bien sûr, finit par lâcher Omar dans un râle pitoyable, comme s'il venait de rassembler toutes ses forces pour expulser de ses entrailles l'horrible chancre qui les rongeait.

Le dos de l'Ecrivain s'est voûté et je devine le sanglot étouffé qu'il va évacuer à l'air libre. Il sort.

Au bout d'un moment, Vingt-Cinq le suit. Il ne reste plus que Rachid et moi face au garçon.

— Quand le malheur survient, une fraction de seconde, et il est déjà consommé. Il suffit d'un mot, d'un geste, d'un regard, d'une absence... Le malheur, c'est toujours du passé. En ce sens, il est déjà supportable.

— C'est comme un séisme, ajoute Omar.

Rachid fixe le garçon avec une douloureuse intensité.

— Nous avons tous peur de la mort, parce que c'est notre négation, une sorte de remise en cause de l'homme. Mais la mort n'est qu'un futur. Elle ne peut pas être vécue. En ce sens, elle n'a aucune importance. En tout cas, elle n'a pas le pouvoir d'influer sur l'instant présent. Sachant que dans cinq minutes tu vas mourir, tu iras quand même pisser si ta vessie te fait souffrir. La mort ne peut agir sur la vie. Hormis peut-être l'intensité de l'angoisse, mourir demain ou dans mille ans, cela ne fait aucune différence, tu n'es jamais qu'en sursis, et dans l'intervalle, tu accompliras les mêmes gestes, tu éprouveras les mêmes sentiments. A vivre au jour le jour, il sera alloué à la mort son dû, simplement. A en parler comme nous le faisons, nous lui accordons plus d'importance qu'elle ne mérite.

## 16

Un beau matin la ville se réveilla parmi ses détritus. Les habitants, horrifiés de voir ainsi exposés au soleil les résidus de leur digestion de la veille, accablèrent le maire et les services communaux. Ils trouvaient le spectacle indécent, comme celui d'un homme exposant en public ses parties intimes. Le citadin est pudique : au moment de faire l'amour il éteint la lumière et ferme les yeux, il s'enferme dans un box pour déféquer. Les éboueurs ont la même fonction que les égouts. L'inquiétude devait se lire sur mon visage car Rabah me souriait et flattait mon épaule de tapes rassurantes. Tous les éboueurs de la ville étaient rassemblés dans la cour.

— Qu'est-ce qui va se passer ?

— On va se divertir un peu.

— Vous avez déjà fait ça ?

— Non, justement, c'est la première fois. C'est d'autant plus excitant.

Les hommes observaient la progression de la panique gagnant les responsables communaux qui arrivaient l'un après l'autre, en retard mais selon un ordre hiérarchique strict. Dans les bureaux en émoi les portes claquaient, les téléphones sonnaient, des voix s'élevaient dans les couloirs tandis que nous restions tranquillement assis à nous chauffer au soleil.

Le planton avait rejoint notre camp dès qu'il avait su de quoi il s'agissait.

— Moi aussi, dit-il, j'étais éboueur. Tout le temps accroché au camion. Un jour, dans une pente, il a reculé sans crier gare. Il est passé sur ma jambe. J'attends toujours ma pension.

Les employés et les secrétaires nous observaient

à travers les fenêtres. Adossé contre un mur, Salah sentait monter sa colère.

— Ecarquillez bien les yeux et regardez-nous. Le spectacle est rare. Pour la première fois vous voyez au soleil les obscurs travailleurs de la nuit, ceux qui dans le noir se chargent de faire disparaître vos immondices. Avec le temps, on a fini par nous considérer comme un appendice naturel de la ville, un simple organe, dont la fonction seule justifie la raison d'exister, comme le rein qui doit nettoyer le sang. Regardez bien ! Eh oui ! nous existons, nous sommes aussi des hommes, il nous arrive d'avoir mal aux dents, et parfois mal au cul.

Vers dix heures nous vîmes le chef de service de la voirie s'avancer vers nous.

— Je voudrais voir les chefs de secteur.

Personne ne bougea. De loin Salah interpella son supérieur hiérarchique.

— Tu leur veux quoi, aux chefs de secteur ?

— Discuter avec eux.

— Ils n'ont rien à te dire.

— Je voudrais savoir au moins pour quelle raison vous avez arrêté le travail. Vos délégués syndicaux n'ont rien pu nous dire. Ils ne sont au courant de rien.

— Et pour cause !

— Je ne comprends pas.

— Nous vous les cédons. Grand bien vous fasse. Ainsi, vous n'aurez plus d'alibi.

— Mais enfin les gars, qu'est-ce que vous avez ? S'il s'agit d'une grève, apprenez que c'est très grave.

On ne se met pas en grève pour un oui pour un non. Il y a une direction, vous avez des représentants. Commencez d'abord par exposer vos problèmes. Nous étudierons ensemble le moyen de les résoudre. Vous n'êtes pas dans une entreprise privée avec un patron qui vous gruge, mais au service de l'Etat qui sert la collectivité.

— Au moins avec un patron, les choses sont claires et on sait comment agir. Ici, tout est faussé. Le patron remplacé par un chef qui nous dirige mais ne détient pas de pouvoir de décision. Les travailleurs que nous choisissons pour nous représenter sont barrés des listes de candidatures et on nous affirme que le centralisme démocratique exige que nous donnions nos voix à des candidats que nous méprisons. Alors, dans tous les cas on se trouve baisés. A qui exposer nos problèmes ?

Il détourne la tête et grogne :

— Aujourd'hui, nous ne bougerons pas avant d'avoir rencontré celui qui peut décider. A lui, nous dirons nos problèmes.

La foule s'était réunie autour du chef de service et ponctuait de grognements approbateurs les phrases de Salah. Le responsable de la voirie haussa les épaules et se mit en marche vers son bureau.

— C'est bon. Puisqu'il en est ainsi... lâcha-t-il, fataliste.

Ce jour-là, il y eut beaucoup d'allées et venues. Vers midi arriva le maire accompagné de plusieurs personnages importants et graves. Sous un préau on improvisa hâtivement une tribune où prirent place les nouveaux venus. Nous constatâmes avec étonnement que l'élu communal avait été relégué en bout de table. Pas un seul moment il n'eut voix au chapitre et personne ne songea à le consulter. Comptait-il si peu dans la hiérarchie ? D'un mouvement instinctif la foule des éboueurs avait reflué vers le fond de la cour. Personne ne vint discuter avec nous, aucun ne songea à nous interroger ou à nous demander d'exprimer nos griefs. Tour à tour les personnages importants et graves prononcèrent des discours enflammés puis ils remontèrent dans leurs belles voitures noires et disparurent aussitôt, satisfaits d'eux et certains de nous avoir convaincus de reprendre le travail. Arrivant à leurs bureaux, ils s'étonnèrent d'apprendre qu'il n'en était rien.

Commencèrent alors les intimidations, puis les menaces, toujours transmises par des messagers anonymes.

— C'est risible. Dans notre situation quelle menace peut avoir le moindre effet ? Rien à perdre.

— Nous avons toujours pataugé dans la merde. A eux maintenant de s'habituer à le faire.

— Pas la moindre question. Comment peuvent-ils nous comprendre ?

— Et comment leur expliquer ? Ils étaient si loin, là-bas, derrière leur tribune. Il y a loin du ciel à la terre. C'est la distance qui nous a toujours séparés.

— Ils ne manquent jamais de glorifier les travailleurs dans des discours lénifiants, mais en privé nous méprisent et nous traitent de fainéants.

— Comment leur expliquer que dans ce monde

qui fonctionne en dépit du bon sens, tout, toujours, retombe sur nous, parce que nous sommes les plus démunis, les plus déshérités ? Peuvent-ils nous expliquer la scélératesse de ces lois qui, prises en notre faveur, nous dit-on, finissent toujours par se retourner contre nous ?

— Comment leur dire notre difficulté de vivre avec un misérable salaire, quand tout se vend au marché noir, du lait des nourrissons aux cahiers d'écoliers ? Notre désarroi de voir en même temps de colossales fortunes se bâtir à l'ombre des lois socialistes ?

— Et nos gosses scrofuleux ?

— Et nos taudis infestés de rats ? J'avais un gosse de deux mois. Il pleurait beaucoup la nuit. Pas de lait chez la mère et pas de lait dans les magasins. Et nous étions si fatigués, sa mère et moi. Fallait s'habituer à dormir malgré les cris. Un matin nous l'avons trouvé baignant dans son sang. Un rat lui avait rongé le crâne et une partie de la cervelle.

— Les gosses qui vont à l'école doivent recevoir gratuitement les livres de base qui sont normalement interdits à la vente. Comment expliquer que ces manuels se retrouvent au marché noir, alors que les classes en sont dépourvues ?

— Dans les hôpitaux, les infirmières et les femmes de salle mangent les desserts destinés aux malades.

# 17

Rachid est perdu dans la contemplation de la clôture de barbelés. Une moue exprime sa perplexité.

— Etrange. On apporte un soin minutieux à nous enfermer. Est-ce pour nous offrir le spectacle de ces issues savamment ménagées ? A quoi sont-elles destinées, puisqu'on nous interdit tout déplacement ? Les ouvriers interrogés n'ont su que hausser les épaules. Ils ne font qu'exécuter les directives de l'Administration. Le vieillard lui-même n'a pu me fournir aucun éclaircissement.

« Pourquoi ces voies d'accès, si on doit nous enfermer ?

« L'attitude de l'Administrateur est encore plus étrange. Chaque nuit, des pinces mystérieuses viennent élargir les issues existantes. Pour quelle raison ? Dans quel but ? Est-ce pour faciliter des évasions collectives secrètement préparées ? Les passages actuels sont pourtant déjà très larges et en nombre suffisant. Les Sioux n'ont pas dû manquer de constater ces déprédations nocturnes ni omettre d'en faire rapport à l'Administrateur. Ce dernier ne s'en est pas le moins du monde alarmé. Il n'y a eu aucun contrôle et la surveillance n'a pas été renforcée. Et si, là, maintenant, en plein soleil, à la vue de tous, je tentais de franchir la clôture ? Les gardes oseraient-ils tirer sur moi ?

Un homme qui ressemble à Raspoutine est venu à plusieurs reprises nous observer à travers les barbelés. Il est longtemps resté à nous contempler, comme on contemple une fourmilière. Il n'a pas dit un mot, ni accompli un geste, il n'a pas franchi le portail près duquel il se tenait, il s'est simplement contenté de nous fixer avec des yeux immobiles et graves.

La barbe du distant visiteur inquiète Vingt-Cinq qui parle de raser la sienne. Sous l'œil de l'étranger, aussi froid que celui de l'expérimentateur examinant les entrailles du cobaye qu'il vient de disséquer, Omar prend brusquement conscience de sa condition.

— Nous avons beau nous leurrer, croire que notre sort est commun à celui de tous les autres hommes, il vient toujours un moment où quelqu'un se met à vous observer, comme on observe des oiseaux en cage.

Omar est un garçon de la ville. Il ne sait rien des oiseaux. Pour lui, il ne s'agit que d'un nom générique sous lequel on classe tous les animaux ailés de la Création.

Il ne peut pas distinguer un moineau d'une hirondelle, d'un rouge-gorge ou d'un merle. Pour lui, les oiseaux pépient, picorent des grains dans les champs ou poursuivent des insectes pour les gober. Il ignore qu'ils peuvent être pris de folie, descendre des branches des arbres et ravager à coups de bec les fleurs des jardins.

— Qui peut-il être ? demande Omar.

L'Homme sans nom est sans doute le seul à le connaître. Il est saisi de peur panique à chaque apparition de Raspoutine. Pourquoi cet air terrifié ? Que craint-il ? Et quelles relations a-t-il pu entretenir avec ce mystérieux visiteur ? Mais il ne veut pas parler, malgré l'insistance de Omar. C'est à peine si parfois il consent à grogner un ou deux mots, à voix basse. Il faut patiemment reconstituer le puzzle.

Raspoutine : ... au-dessus des hommes... au-dessus des lois... de ceux qui peuvent dire : qui t'a fait roi... déclinent tous les honneurs officiels, préfèrent l'ombre propice... n'apparaissent jamais au soleil... mais tiennent beaucoup de fils... les nôtres, par exemple... peut régler ton sort d'un simple battement de cil, pour te laisser croupir indéfiniment dans une oubliette... ou d'un haussement d'épaules absoudre tes plus sombres crimes... ceux qu'on nomme les puissants viennent se prosterner devant lui... ne vit que la nuit... le sourire ne sert qu'à découvrir les canines... un émouchet qui ne rate jamais sa proie...

Omar est pris de nausée. Mais ce n'est pas un effet de la morphine.

— Que sommes-nous ? murmure-t-il.

## 18

Dans un coin de la rue je vis Salah et Saïd le cordonnier assis côte à côte et discutant. Saïd avait devant lui son petit établi. Il parlait sans regarder son interlocuteur. Une habitude. Ses yeux mobiles fouillaient continuellement la rue. Je pris place sur le trottoir, face à eux, de façon à pouvoir surveiller la rue transversale. Saïd me remercia d'un sourire.

— Et alors ? demanda-t-il à son compagnon.

— Comme nous refusions de bouger, ils ont fait encercler le parc par la police, l'armée ayant refusé d'intervenir. Ils voulaient sans doute faire montre de détermination et de fermeté. Grossière erreur. Mauvais calcul. Car, jusqu'alors, les citoyens grondaient contre l'incurie communale mais ignoraient tout de ce qui se passait. Les policiers en faction ont attiré l'attention de curieux qui sont venus voir de quoi il s'agissait. D'autres ouvriers aussi. Ils ont propagé la nouvelle, et le soir, dans les cafés, les gens sont venus discuter avec nous. Nous avons longtemps parlé.

— Et ensuite ?

— Les employés de la régie de transport ont débrayé à leur tour, le lendemain. Ils ont constaté qu'ils avaient les mêmes problèmes que nous. D'autres travailleurs communaux menacèrent d'arrêter le travail, et dans la zone industrielle proche on sentait croître la grogne des ouvriers. Il y a eu une vraie panique parmi les autorités qui s'aperçurent qu'ils ignoraient tout de nos revendications. Ils durent convenir qu'il fallait discuter avec nous pour le savoir. C'était déjà un changement.

— Et après ?

— Nous nous sommes fait avoir. Aucune organisation. C'était l'anarchie. On n'avait même pas désigné un porte-parole. Quand il a fallu parler, on n'est pas arrivé à formuler clairement nos revendications. Les gens qui prenaient la parole se contredisaient tour à tour et provoquaient même les huées de leurs collègues. Une vraie foire. Un grand défoulement collectif. Les autorités, qui avaient vite compris, laissaient faire, pour bien nous faire ressentir l'inanité de nos demandes. Ils ont dit oui à tous les orateurs qui s'estimèrent satisfaits d'avoir pu s'exprimer, d'avoir retenu un moment l'attention de ces personnages importants et graves. Je crois qu'au-delà de la solution de nos problèmes quotidiens, les gens voulaient surtout affirmer leur existence, en interpellant ces personnages lointains qui avaient toujours décidé à leur place de ce qui leur convenait ou pas, leur dire enfin qu'ils étaient des hommes, tout simplement.

« On a décidé de reprendre le travail demain, sur la base de vagues promesses, pour la plupart sans intérêt. Je sais personnellement qu'ils n'accorderont presque rien. Et qu'avec le temps ils reviendront sur les concessions faites. Ils ont bien compris que nous ne pouvons pas nous mettre en grève tous les matins. La leçon de l'événement, c'est qu'on ne peut parvenir à rien sans organisation et sans discipline.

— En somme, il n'en a rien résulté.

— Si. Nous avons appris une chose : ils ont une peur bleue des ouvriers.

## 19

Brusquement, sans que rien l'ait laissé prévoir, de gros nuages noirs assombrissent le ciel et, après quelques violents éclairs, de larges gouttes de pluie chaude et poussiéreuse se mettent à tomber. Au milieu de la cour, Rachid, poitrine découverte, tend vers le déluge un visage ricanant. Vingt-Cinq, qui dormait dans un coin de la baraque, réveillé en sursaut par le bruit des gouttes sur le toit de zinc, sort précipitamment et tend ses bras vers le ciel. Hagard, il ne reconnaît plus personne.

— Que tombe la pluie ! Que tombe la pluie ! Tout le jour, et toute la nuit encore ! Sans répit. Alors, ses forces enfin revenues, le fleuve détourné, rugissant d'une vieille colère, rompra ses digues, débordera de partout, inondera la plaine, et, prenant de court les calculs des sorciers, ira retrouver son lit orphelin pour reprendre son cours naturel.

Vains espoirs. La pluie a cessé aussi brusquement qu'elle était venue.

## 20

Je me tenais embusqué dans un enfoncement de terrain, face au soleil, à l'abri des rafales d'un vent frais qui soufflait du nord. J'attendais la tombée du jour et l'arrivée de Saïd pour rentrer avec lui. Sur les bords du marécage une nuée d'ânes broutait une herbe grasse que nourrissait la vase, les pattes antérieures des bêtes reliées par une cordelette pour les empêcher de trop s'éloigner. Les animaux ne pouvaient avancer qu'en sautillant.

L'homme relâcha son âne et vint s'asseoir près de moi, sans le moindre salut, comme on rejoint un compagnon après une courte absence. Il tira une cigarette qu'il fuma avec délectation en contemplant le scintillement du soleil couchant sur les eaux fangeuses.

— Toi, me dit-il, tu n'es pas d'ici, parce que je ne te connais pas.

Je lui répondis qu'en effet je ne me trouvais là que depuis quelques jours.

— Je m'appelle Yazid. On m'a surnommé l'Homme à l'âne, parce que j'étais le premier à en utiliser un dans la région. Comprenant tout l'intérêt de l'emploi de cet animal, beaucoup m'ont imité, et maintenant la race asine prolifère autour du marécage. Le prix de ces équidés a terriblement monté et il reste toujours à la hausse. Comme pour les devises, dit mon patron.

— A quoi servent ces bêtes ?

— Ce sont les taxis de « la ville nouvelle ». Ils transportent les gens de leur habitation jusqu'en terrain sec et vice versa.

— Et ça marche ?

— L'Etat n'encourage pas l'initiative privée. Mais le commerce est florissant. D'où la nuée d'ânes. Bien sûr, comme partout, les prolétaires vont à pied, munis de bottes. Mais il reste les bourgeois, les femmes, les enfants en bas âge. Aux heures de pointe, c'est comme dans la ville pour prendre le bus : il faut faire la queue et attendre son tour. Pendant les moments creux de la journée, on utilise les animaux pour amener l'eau potable qu'il faut aller chercher à la fontaine publique. Comme là-bas aussi on doit faire la chaîne, le précieux liquide est vendu aussi cher qu'en ville l'eau dite minérale.

— On gagne bien sa vie ?

— C'est confortable. Mais les jours de ce commerce sont comptés. La commune parle de construire des digues et d'assécher le marécage. Cela fera beaucoup de nouveaux chômeurs. Pour moi, c'est différent. Je suis en quelque sorte un fonctionnaire. Payé au mois. Je travaille pour un patron. On vendra l'âne et je conduirai sa Mercedes. C'est plus facile. Tiens, le voilà qui arrive. Il revient d'un long voyage.

Je perçus en effet un doux ronronnement de moteur. L'homme sauta sur ses pieds. Il se précipita vers son âne dont il délia prestement les pattes, et, le saisissant par le licou, le guida vers la voiture rutilante qui venait de freiner au fin bord de l'eau. De l'arrière sortit un homme immense, vêtu avec une extrême élégance et portant une généreuse barbe noire. Son allure inspirait la confiance. Il respirait l'aisance et l'assurance. Il fit quelques mouvements pour dégourdir ses membres. On lisait sur son visage la satisfaction du voyageur qui, après une longue absence, retrouve sa maison et ses habitudes.

— Tu attendras ici, dit-il au chauffeur, le retour de Yazid qui reviendra prendre les bagages.

Puis il enfourcha l'âne et se laissa guider par Yazid.

## 21

Omar m'a assuré qu'il était intervenu auprès de la secrétaire de l'Administrateur. A ce jour, pourtant, je n'ai reçu aucune réponse. J'ai décidé d'envoyer une lettre de rappel. Omar a consenti à l'écrire pour moi. Il s'étonne devant ma véhémence mais inscrit scrupuleusement ce que je lui dicte, sans faire de commentaire. Je le soupçonne de savoir beaucoup de choses, mais qu'il refuse de divulguer.

## 22

Saïd apporta la bouteille de butane raccordée à un bec de gaz à l'aide d'un long tuyau de cuivre.

— Je vais allumer, dit-il. Vérifie que toutes les fenêtres sont fermées, sinon les moustiques vont nous dévorer.

Je me levai pour le faire.

— Alors ? demanda-t-il, tu vas reprendre le travail demain ?

— Non, je ne retournerai pas à la voirie.

— Pourquoi ?

— La police me recherche.

— Pour quelle raison ?

— Avec l'histoire de la grève, les policiers se sont mis à questionner les gens et à fouiner partout. Ils ont compulsé les dossiers du personnel. Ils se sont arrêtés sur le mien, dont la chemise ne contenait aucune pièce. Ils ont tout de suite fait le rapport entre mon recrutement au service de la voirie et la grève qui y a été déclenchée quelques jours plus tard. Ils me prennent pour un agitateur professionnel au service de l'Etranger. Ils ont longuement interrogé à mon sujet le chef de service, et le soupçonnent de complicité. C'est d'ailleurs lui qui m'a prévenu.

— Pourquoi ne pas aller les voir et clarifier la situation ?

— Ils ne me croiront jamais.

— Que vas-tu faire alors ?

— Je vais partir. Dès demain. S'ils me trouvent ici, ils vont te créer des ennuis à toi aussi.

— Si c'est ce qui t'inquiète, tu peux rester. J'ai pris l'habitude de vivre avec les ennuis.

— Et surtout, il me faut retrouver ma femme et la ramener au village pour régulariser ma situation.

Saïd hocha la tête, avec l'air de celui qui comprenait mais ne pouvait fournir aucune aide. Jetant un coup d'œil à travers une vitre, il dit :

— Je vois de la lumière dans le bus d'à côté. Le Messie est donc de retour. Il est longtemps resté absent. Il a dû partir à l'étranger.

— Qui est-ce ? lui demandai-je. Pourquoi l'appelez-vous ainsi ?

— Je l'ignore. Peut-être à cause de sa barbe. Je sais seulement que c'est un personnage important. Sans doute l'un des plus importants de la ville. On dit qu'il tient entre ses mains toutes les autorités.

— Peut-être pourrais-je lui demander de m'aider ?

— A quoi faire ?

— A retrouver ma femme.

— Il connaît beaucoup de gens. Lui-même dit que son métier, justement, consiste à rendre service. Mais toujours à des personnes bien choisies. On peut toujours lui demander, ça ne coûte rien. En tout cas c'est un homme avisé, il saura au moins te conseiller utilement.

Le véhicule voisin stationnait parallèlement à celui de Saïd. Moins de deux mètres les séparaient. Saïd ouvrit la porte, prit une planche qu'il fit reposer sur les marchepieds des deux voitures et, marchant sur la passerelle ainsi improvisée, alla frapper à la porte de son voisin. Je reconnus ce dernier quand sa tête apparut dans la lumière. C'était le patron de Yazid. Je vis Saïd parlementer avec lui, puis il me fit signe de le rejoindre en me recommandant de ne pas oublier d'éteindre et de fermer la porte derrière moi.

En entrant, je fus effaré par le luxe de l'aménagement de ce véhicule à l'aspect extérieur complètement déglingué. Tous les sièges avaient été démontés pour libérer la surface. Au fond, d'épais rideaux délimitaient une chambre à coucher. Partout ailleurs, une profusion de tapis et de coussins richement ornés. Il y avait une télévision fonctionnant avec batterie de voiture, un poste de radio et plein d'autres appareils et meubles dont j'ignorais l'usage. Notre hôte me regardait en souriant, ravi de l'effet produit sur moi par son intérieur. Il accentua encore la majesté de son allure et la noblesse du geste. Un prince cherchant à éblouir un gueux.

— Entrez, fit-il, venez prendre un thé à la menthe. Je suis content de te revoir, Saïd. Cet homme te ressemble beaucoup. C'est ton frère ?

— Oui, admit mon compagnon.

— Heureux de faire ta connaissance, fit-il en me serrant la main. Asseyez-vous, ce sera prêt dans un instant.

Saïd se vautra avec délices sur les tapis et les coussins. Je n'osai l'imiter, craignant de salir toutes ces belles choses.

— Qu'est-ce qu'il fait dans la vie ? demandai-je à Saïd.

— Difficile à dire. Rien de bien clair. Je n'ai jamais compris moi-même. Mais comme tu peux le constater, il se débrouille bien. Manque de rien.

— Pourquoi continue-t-il à habiter ici, alors ?

— Sais pas. Il doit se trouver bien. Ou alors cet instinct grégaire hérité de nos ancêtres nomades qui nous fait accorder si peu d'importance au logement.

Le Messie nous rejoignit, la théière à la main.

— Ce que je fais dans la vie ? reprit-il.

Je restai confus en constatant qu'il avait entendu la question que j'avais pourtant posée à voix basse.

— Il n'y a pas de mal de chercher à s'informer, continua notre hôte qui semblait lire dans mes pensées. J'avoue d'ailleurs que mes activités intriguent beaucoup de gens. C'est difficile à expliquer. Disons que je suis un homme de relations. Je connais toutes sortes de gens. Ceux qui cherchent à obtenir un service et ceux qui peuvent rendre ce service. Alors j'interviens auprès de l'un en faveur de l'autre. L'intérêt réside en ce que tel qui est en mesure de faciliter le règlement d'une affaire sera demain impuissant à régler son propre problème et cherchera celui qui pourra l'aider. Et ainsi de suite, cela forme une chaîne sans fin. Il faut voir le monde tel qu'il est : sans ce type de relations on ne peut rien faire, rien avoir, rien réussir. Mais j'ai une autre activité, plus directement rémunératrice. Je suis une sorte d'agent de change. J'échange une monnaie contre une autre. Je fournis à ceux qui veulent voyager à l'étranger les devises que refuse de leur allouer le gouvernement, et je propose un taux de change alléchant aux économies de nos frères émigrés qui veulent rentrer au pays. J'aide à se rencontrer l'offre et la demande. C'est un travail très délicat. Il faut d'abord, à l'étranger, commencer par collecter et centraliser les disponibilités en devises. Il faut ensuite, au pays, récolter les sommes des candidats au voyage. Cela exige la mise en place d'un double réseau de collecteurs de fonds qui, par stades, regroupent la monnaie. Les petits ruisseaux feront la grande rivière. C'est pendant la guerre que j'ai appris le métier, car j'étais justement collecteur de fonds. Je n'ai eu qu'à recréer une organisation similaire à celle de l'époque. Mais les choses sont aujourd'hui plus compliquées. En fait, s'il faut définir avec finesse le travail que je fais, je dirais que je suis un banquier. En ce sens que, dans ce genre d'échange, le facteur confiance est primordial. En effet, il n'y a pas de transfert réel de fonds, les risques sont trop grands. Le voyageur verse ici son argent, et ce n'est qu'une fois rendu à l'étranger qu'il retrouvera l'équivalent, au taux convenu, de son dépôt. De même pour l'émigré qui vire ses économies dans une banque étrangère avant de retrouver ici leur contrepartie. Entre-temps, il n'y a aucune garantie. C'est dire que le système doit fonctionner parfaitement. Si les clients perdent confiance, rien ne va plus. Mais à ce jour, il n'y a jamais eu d'accroc. Ainsi s'échangent des sommes fabuleuses sous la seule garantie de ma barbe. Bien sûr, je ne suis pas seul sur ce marché. Mes petits réseaux sont connectés à d'autres, afin que puissent s'effectuer les compensations rendues nécessaires par les fluctuations de l'offre et de la demande, exactement comme pour des réseaux électriques. Dans l'ensemble, je me situe à un niveau fort modeste. Car, derrière tout cela, pour nous couvrir en cas de coup dur, il y a des personnages bien plus importants, des hommes dont le nom seul frappe de crainte et d'effroi le bon peuple qui doit se contenter de vivre sous le soleil chaleureux.

— C'est en effet un travail très compliqué, commentai-je. Vous n'avez pas d'ennuis avec les autorités ?

— Les personnes dont la fonction est de réprimer ce genre d'activité sont souvent bien contentes de faire appel à nos services pour leurs propres besoins. Comme nous leur consentons des avantages particuliers, ils savent se montrer compréhensifs, et même fermer les yeux. Et, si nécessaire, nous faisons agir les protecteurs. Bien sûr, nous devons parfois sacrifier à l'ire momentanée des autorités, mais cela finit toujours par se régler correctement. Disons, dans l'ensemble, des ennuis raisonnables.

Nous restâmes quelques instants silencieux à déguster nos boissons.

— En ce qui te concerne, je vais te donner l'adresse d'une personne que tu iras voir de ma part. Si ta femme se trouve dans cette ville, elle le saura, et elle te le dira.

Il se leva, alla à l'arrière du véhicule pour revenir avec un petit paquet.

— Tu lui remettras ceci.

Je le remerciai avec effusion.

# 1

Nous sommes assis devant la porte de la baraque, sous la clarté de la lune. Silence à l'entour. Rachid le Sahraoui nous a préparé du thé à la menthe. Je l'ai regardé s'affairer autour du petit réchaud à alcool et accomplir les gestes d'un rite méticuleux et précis. Maintenant il surveille nos verres qu'il s'empresse de remplir dès qu'ils se vident.

Vingt-Cinq est assis au centre du groupe. Il égrène ses souvenirs. Pénétré par la douceur de la nuit, il a abandonné sa morgue habituelle. Il parle doucement, presque tendrement. Près de lui est allongé l'Ecrivain, morne et taciturne comme de coutume. La tranquille sérénité du moment n'est pas parvenue à dérider son visage. Quel terrible remords lui ronge le cœur ?

Légèrement à l'écart, Omar caresse les cordes de sa guitare. Des notes mélancoliques viennent ponctuer le récit du vieillard.

— Du plus loin que je me souvienne, j'ai toujours vécu de rapines. J'ai commencé par sévir parmi les paysans de la région. En ce temps-là, une grande partie du pays était couverte de forêts. Pour rentrer chez eux, ces campagnards devaient emprunter des chemins isolés. Le jour de la vente de leur récolte d'orge ou de tabac, ils me trouvaient les attendant au coin d'un bois. La vue de ma taille et de celle de mon gourdin dissuadait de toute résistance. Ils se laissaient tranquillement dépouiller. A la suite des plaintes, les gendarmes, lancés à ma poursuite, n'osaient jamais s'aventurer très loin. Parfois, pour les défier, je me rendais moi-même au village. Ma célébrité de brigand et la crainte que j'inspirais étaient telles qu'à mon entrée dans un café, les gens faisaient silence. J'allais dans l'infâme boui-boui de Mme Omar, situé à la sortie de la ville, près du pont. La vieille juive exécrait ses clients arabes, les seuls d'ailleurs à oser s'aventurer en pareil endroit, les accueillait par des torrents d'injures, ne cessait de les houspiller, comme pour gâcher leur plaisir, refusait sans aucune raison de leur servir à boire, ou leur interdisait de chiquer, les accusant de salir en crachant un plancher qu'elle n'avait jamais pris la peine de nettoyer, décidait de fermer son bar à des moments totalement imprévus, comme au plus fort d'une averse, pour la satisfaction de voir ses consommateurs s'égailler sous la pluie torrentielle, se plaignait de leur repoussante promiscuité, se lamentait sur sa calamiteuse existence, affirmant que seule la retenait en ce lieu sa pension de veuve de guerre, qu'elle attendait depuis des années, car elle prétendait son mari mort au champ d'honneur, alors qu'on murmurait que ce dernier avait profité de son ordre de mobilisation pour se libérer de la tutelle de son acariâtre épouse au visage cauchemardesque, qu'à l'heure actuelle il filait de secondes amours avec une tranquille et besogneuse Germaine. J'étais l'une des rares personnes à trouver grâce à ses yeux. Assis en bout de comptoir, taciturne et souverain, je me saoulais consciencieusement, recherchant les vins les plus acides, comme pour tester la résistance de mes entrailles, l'ivresse est d'abord défi, avant de m'écrouler ivre mort sur le plancher. Alors les curieux pouvaient approcher pour détailler sans risques le monstre endormi, rendant son vin par la bouche et le nez. Un jour, quelqu'un avertit les gendarmes qui vinrent me chercher, mais Mme Omar me cacha derrière le comptoir après m'avoir traîné en ahanant, et les gendarmes repartirent sans insister, et pour la remercier je l'ai baisée trois fois, elle a crié de jouissance, elle sentait mauvais.

« Avec le temps et l'âge, beaucoup espéraient me voir revenir à la raison, abandonner mon vieux costume de coutil au profit de la djellaba blanche, symbole d'honorabilité, et peut-être même me voir effectuer le pèlerinage aux Lieux saints, qui eût définitivement consacré ma reconversion, le voyage n'est pas cher, il suffit d'être un peu malin, la revente de l'or ramené en fraude couvrira les frais, avec peut-être un petit bénéfice, il y a des gens qui effectuent le voyage chaque année, le Prophète n'en a jamais tant demandé. Mais je ne peux admettre de voir mon turban couvrir le trafic de l'or. Il y a des règles à respecter. Le paysan qui me découvre au coin d'un bois sait bien que je m'en vais le détrousser en toute clarté de conscience, il n'a qu'à se défendre, il a sa canne et j'ai la mienne, à armes égales, enroule donc ton burnous autour de ton bras gauche pour parer les coups et prépare-toi à défendre ta bourse. J'en ai rencontré de très coriaces, avec qui je me battais des heures durant, de très courageux, qui osaient me tenir tête malgré leur petite taille et qu'en général je laissais repartir sans rien leur prendre.

« La guerre contre l'Allemagne marqua la seule période honnête de ma vie. On avait mobilisé tout homme qui vaille et je me refusais à détrousser des vieillards tremblants, de toute façon, c'était la misère, ils n'avaient pas grand-chose sur eux, je descendis sur la capitale pour faire la contrebande de l'huile, c'était le temps du rationnement. Sur une bicyclette volée, j'allais chercher l'huile d'olive chez les petits paysans kabyles pour la revendre aux citadins qui acceptaient de payer le prix fort. Au départ, j'eus beaucoup de difficultés, parce que je ne parlais pas la langue de la région, et les habitants se méfiaient de moi. Je faisais un voyage par nuit, transportant mon produit dans un bidon de fer-blanc de vingt litres, que les paysans connaissaient bien, mais que j'avais fait gonfler en y mouillant du carbure, gagnant ainsi un bon litre. Les gendarmes faisaient des barrages sur les routes, il fallait parfois accomplir de longs détours pour les éviter, ils ne pouvaient me prendre que par surprise, parce que, autrement, je ne m'en souciais guère, eux aussi étaient à bicyclette, donc à armes égales, mais moi j'avais ma cargaison à sauver et eux un salaire invariable, alors ils abandonnaient vite, suffisait de ne pas les narguer comme faisaient certains de mes collègues. Mais un jour, l'un d'eux me poursuivit sans relâche sur cinquante kilomètres. Il me rattrapa en fin de compte. Il m'apprit qu'il était un ancien coureur cycliste et qu'il voulait se mesurer à moi pour savoir s'il avait encore un peu de jarret. Il emporta l'huile pour sa femme mais me rendit le bidon le lendemain.

« Quand vint la guerre de libération, je me trouvais déjà au maquis, fuyant les autorités désormais plus sourcilleuses. J'y restai. Quand vint le moment de redescendre vers les plaines, j'eus la surprise d'y être accueilli en héros. Mes anciens forfaits devinrent des faits d'armes. On m'offrit une villa et un bar. Mais comme j'oubliais souvent de faire payer mes clients, je ne tardai pas à faire faillite. Je découvris sans regret ma banqueroute, car je ne souhaitais pas continuer à concurrencer Mme Omar, qui attendait toujours sa pension, tandis qu'empirait son caractère et que s'enrichissait son répertoire d'insultes. Un jour, je fis la connaissance d'un ivrogne d'élite, qui se tenait encore debout à trois heures du matin malgré l'incroyable quantité d'alcool absorbée. Il me proposa de partir avec lui et j'acceptai. Je tins néanmoins à ce que nous liquidions les quelques bouteilles de vin qui restaient. Nous sortîmes sans prendre la peine de baisser le rideau.

« Brahim assurait sa subsistance en pillant des camions. Il les attendait au milieu d'une forte pente, juste après un virage très serré, qui forçait les conducteurs à ralentir. Il surgissait alors de son fossé pour se hisser lestement à l'arrière et se mettre à jeter vers le talus ce qui lui tombait sous la main.

« Il m'initia aux ficelles de la pratique et nos razzias devinrent plus méthodiques. Une fois, je tombai sur un camion qui transportait de lourdes caisses de bois. J'en débarquai une, mais ne voulus pas continuer, ne sachant pas ce qu'elles contenaient. Le couvercle de la caisse arraché, nous découvrîmes, sagement rangés, des bâtons de dynamite.

« A quelque temps de là, je rencontrai un paysan assis au bord d'un grand champ de pastèques et qui pleurait. Il m'a expliqué que les gendarmes étaient venus lui dire qu'il devait vendre son produit à la coopérative. Au tiers du prix du marché libre, a-t-il précisé, pas même de quoi couvrir les frais. Il parlait d'aller louer un tracteur et de labourer tout le champ. Je lui ai dit que j'avais une meilleure idée. Je suis allé chercher la caisse de dynamite et on a fait sauter les pastèques au T.N.T. C'était très amusant. Les gendarmes ont dû faire appel à l'armée pour pouvoir nous arrêter.

## 2

Un grand hangar dont on n'avait pas pris la peine de repeindre les murs. La porte ouverte, je fus submergé par les pépiements d'une volière en émoi. Mais à mon apparition le silence se fit immédiatement. Sur toute la longueur du hangar, adossés aux murs couraient deux rangées de métiers à tisser. On distinguait vaguement derrière les réseaux de fils des femmes assises, attentives et chamarrées de bijoux. Dans l'allée centrale, une cravache à la main, allait et venait une superbe matrone, le visage et les avant-bras couverts de tatouages, les uns artistiques, les autres franchement obscènes. En m'apercevant, elle se précipita vers moi, obséquieuse, son visage grassouillet déformé par un large sourire qui modulait en formes imprévues les arabesques qui lui couvraient les joues. Je l'informai en quelques mots du but de ma visite. Elle se renfrogna aussitôt.

— Pas maintenant, grogna-t-elle. Pas le temps. Nous allons avoir une importante visite d'un moment à l'autre.

Elle finissait à peine de parler que la porte s'ouvrait de nouveau pour livrer passage à une nombreuse délégation masculine. Je reconnus deux hommes parmi les nouveaux venus. Je les avais vus au moment de la grève des éboueurs, dans la tribune. La grosse vieille se précipita vers eux. Elle les accabla de gestes et de mots de bienvenue puis leur fit visiter les métiers, les noyant sous un déluge d'expressions techniques. Les hommes, tour à tour, s'émerveillaient ou hochaient la tête d'un air pénétré. Arrivée au bout du hangar la délégation s'engouffra dans le magasin. Une ouvrière se leva alors et frappa des mains. Comme un jeu de miroirs démultipliant une même image à l'infini, je vis les filles glisser le long des murs et apparaître simultanément aux intervalles séparant les métiers, enfin visibles au grand jour, avant de s'éclipser silencieusement par une porte dérobée. Cela ressemblait à une démonstration de magicien produisant et escamotant les ouvrières à son gré.

Je m'approchai pour voir par où elles avaient disparu. La petite porte donnait sur une salle où l'on avait disposé des chaises et une petite tribune formée de tables posées sur une estrade. Les femmes s'assirent et reprirent leurs pépiements. Peu de temps après, avec des mines austères et graves, entrèrent les hommes. Quelques fausses politesses autour du siège central. Quelques chuchotements préalables pour désigner celui qui devait prendre la parole en premier.

L'un des visiteurs enfin s'éclaircit la gorge et attaqua :

— Nous sommes venus aujourd'hui pour organiser les élections de vos futures représentantes. Je n'ai pas besoin d'insister sur l'importance de ce suffrage qui fera de vous des travailleuses gestionnaires.

Il parla longtemps ainsi, manifestement enchanté d'être le point de mire de cette assistance exclusivement féminine et qui comptait plusieurs filles bien jeunes et bien jolies, trop jeunes et trop jolies. La matrone était assise sur une chaise reposant contre le mur, face à ses ouvrières, sa cravache toujours à la main. De temps en temps, elle faisait un léger signe et, dans un ensemble parfait, les filles applaudissaient. Parfois, elles ne réagissaient qu'avec lenteur, et leurs encouragements tombaient au plus mal, coupant une phrase en plein milieu. Qu'importe, l'homme remerciait d'un sourire et d'une inclination de tête, comme un chanteur sur scène, puis reprenait le fil de sa harangue régulièrement ponctuée par des ovations sur commande.

Le second orateur, jugé plus important par la matrone, eut droit à des claques plus fréquentes. A la fin de son discours, sur un autre geste de la vieille, les ouvrières se levèrent pour acclamer les visiteurs. Les mâles étaient ravis. Avant de partir, ils transitèrent par le magasin d'où ils ressortirent avec chacun un paquet sous le bras, et poursuivis par les remerciements torrentiels de la cheftaine. Enfin, fermant la porte, elle se retourna, son visage ayant repris sa sévérité coutumière, claqua deux fois des mains, et chaque fille reprit sa place derrière son métier.

Elle me prêta enfin attention.

— Tu es encore là, toi ?

— Oui, j'attends. J'espérais trouver ici Houria.

— Elle a effectivement travaillé un certain temps ici. Mais on l'a rapidement retirée.

— Retirée ?

— Je veux dire qu'elle est partie. Tu viens de la part du Messie ?

— Oui. Sais-tu où elle habite ?

— Pourquoi cherches-tu cette femme ?

— Je veux la voir.

— Pour ?

— C'est ma femme.

Je remarquai de vives lueurs dans les yeux de mon interlocutrice. Je la sentis soudain très réticente. Je venais sans doute de commettre une erreur. Son visage se ferma définitivement.

— Je regrette, lâcha-t-elle. Je ne sais plus où elle

se trouve maintenant, et je ne sais pas où elle habite.

J'avais la conviction qu'elle mentait. J'eus beau insister, répétant cent fois le nom du Messie, elle persista dans ses dénégations.

Je sortis la tête basse tandis que la matrone frappait dans ses mains pour annoncer la pause du déjeuner.

Je marchais le long de la rue quand une femme voilée m'aborda.

— Je t'ai entendu discuter avec la cheftaine à propos de cette femme que tu cherches.

— Elle sait où elle se trouve, n'est-ce pas ?

— Oui.

— Pourquoi a-t-elle refusé de me le dire ?

— C'est une femme prudente et calculatrice. Elle a sans doute des raisons.

— Drôle de femme, avec sa cravache et ses claquements de mains. Mais aussi drôle d'usine.

— Plus drôle encore que tu ne penses.

— Vraiment ?

— Mais je ne suis pas venue pour cela.

— Cela m'intéresse.

— Comme tu as dû le deviner, la vieille est une ancienne tenancière de bordel reconvertie après la fermeture de sa maison. Reconvertie, en fait, c'est faux, elle pratique toujours son métier. L'usine, c'est d'abord un vivier de filles pour personnages haut placés. Mais, passons, je suis venue te dire que je peux te renseigner à propos de cette femme que tu cherches.

— Pourquoi le ferais-tu ?

— C'est mon problème. Qu'est-ce que tu donnes en échange ?

Je n'avais pas le moindre sou en poche. Je me souvins subitement du paquet que m'avait remis le Messie.

— Je te donne ça.

— Qu'est-ce que c'est ?

Je n'avais aucune idée de ce qu'il contenait. La femme l'ouvrit fébrilement. C'était un parfum de marque étrangère.

## 3

— Tout historien est un homme à abattre, affirme Vingt-Cinq. De loin, il observe l'Homme dont j'ignore le nom, assis seul au milieu de la cour, sur son banc de grès-céram, qu'il avait fait venir à ses propres frais, après avoir surmonté mille difficultés administratives, car si le règlement restait muet sur ce cas d'espèce, on lui avait bien fait sentir que son initiative dérangeait, comme autrefois dérangeait son cours à l'Université, dont on avait fini par le priver, supprimant sans préavis sa chaire d'Histoire contemporaine, au beau milieu de l'année, laissant professeur et étudiants les bras ballants, sous prétexte que le même enseignement se donnait en arabe, comme si l'administration universitaire avait été traversée, un beau matin, par un génial éclair de lucidité lui permettant de découvrir l'inanité d'un tel dualisme. Désormais, il passe son temps à méditer sur les dangers insoupçonnés que la pratique de l'Histoire réserve à ses adeptes, n'étant jamais parvenu à déterminer ce qu'il y avait de subversif dans son enseignement. Au début, j'avais pris ce professeur déchu pour un Sioux déguisé venu nous espionner au profit de l'Administrateur.

— Où est l'hérésie ? L'objectivité historique ne doit pas être un vain mot. Dans une discipline au statut scientifique encore contesté, j'enseignais à mes élèves la religion du fait net et précis, débarrassé de toute sa gangue de croyances ou de mythes, auquel il faut toujours remonter, par une recherche patiente et obstinée, et devant lequel il faut se plier avec humilité, pour le rapporter sans le tronquer et sans l'enjoliver, dût-il remettre en cause des théories de théories. La pratique de la connaissance des faits passés ne doit en aucun cas être menée en vue d'aboutir à l'apologie d'hommes ou de systèmes au pouvoir, ni de tenter d'en établir une justification. L'Histoire n'est pas une entreprise de légitimation.

« Où est la subversion ? Je ne pouvais occulter des faits objectifs. *Après le putsch qui le renversa, Lénine fut qualifié de dictateur, et ses méthodes de gouvernement sévèrement condamnées.* Son nom et son image furent totalement bannis de l'historiographie officielle. Il ne m'appartenait pas de juger du déviationnisme dont on l'accusait, et dont j'aurais pu à la rigueur convenir, mais il ne m'était pas possible pour autant de tirer un trait sur toute une partie de l'histoire du pays. Il me fallait en parler, en décrire les principaux événements. Comment alors empêcher mes étudiants de conclure, sur la base de cette relation des faits, que le crime n'était pas si grand ?

« Où est l'hérésie ? Trotski fut sans conteste un révolutionnaire de la première heure, un des titans de la Révolution. Le créateur de la *Pravda* a passé le plus clair de sa jeunesse dans les prisons du tsar. Maintes fois déporté. Il s'est toujours trouvé en opposition avec Staline, dont Lénine se méfiait d'ailleurs. Trotski est mort en exil à Mexico, abattu par un coup de hache. Comment empêcher mes étudiants de penser que l'homme d'acier, qui ne voulait autour de lui que des hommes dont la main ne tremble pas, était mêlé à l'assassinat du promoteur de la Révolution permanente ?

« Qu'y avait-il de subversif à affirmer que Lyssenko avait grandi à l'ombre de Staline ? Que ce fut grâce à ce dernier que le directeur de l'Institut de génétique d'Odessa réussit à imposer, contre l'avis de toute la communauté scientifique, sa théorie génétique parce qu'elle favorisait l'idée de la création de l'Homme Nouveau, et que cette hérésie avait bloqué pendant une décennie tout progrès dans la connaissance des lois de l'hérédité ? N'est-on pas en droit de déduire que le comportement du Coryphée de la Science est de nature à favoriser l'émergence d'autres Lyssenko, plus dangereux encore ? A l'ombre du grand chêne ne peut croître que le lierre qui rampe.

« Où est l'hérésie ? Je suis en droit de supposer que Lénine ne fut pas un habile politicien. Sinon, comment expliquer qu'il eût pu, pendant des années, laisser son dangereux bras droit comploter dans l'ombre pour organiser sa chute ? A bien y réfléchir, je regrette aujourd'hui de n'avoir pas davantage approfondi l'étude de cette partie de l'histoire du pays. Lénine ne soupçonnait-il vraiment rien des manigances de son compagnon ? Ignorait-il tout de la gigantesque toile qui se tissait et dans laquelle il allait se laisser prendre ? N'était-il pas plutôt guidé dans son comportement par une sorte d'instinct suicidaire ? Comme, au bord de la falaise, la tentation de se jeter dans le vide ? Peut-être une précoce lassitude du pouvoir ? Au bout de si peu d'années ? Amertume d'avoir parfois à décider contre des amis ou de vieux compagnons de lutte ? Le découragement devant l'ampleur de la tâche ? Déception devant les réactions populaires ? L'aspiration au repos après tant d'années de lutte et de prison ?

« Ou bien se croyait-il intouchable ? Comptait-il sur le soutien des masses en cas de tentative de coup de force ? Et, dans ce cas, était-il naïf au point de croire à un quelconque effet des clameurs de la rue face à des blindés stratégiquement disposés aux centres nerveux de la ville ? Pensait-il que la légitimité conférée par le suffrage populaire était de nature à le protéger contre toutes les cabales ? Parvenu à ce point de l'analyse, comment ne pas s'interroger sur les sources de la légitimité du pouvoir ?

« Je ne me fais pas d'illusions sur Lénine. Je sais qu'il était autoritaire, emporté, parfois violent, et qu'il prenait souvent de graves décisions dans la plus totale improvisation. Je sais que sur bien des points, Staline fut un meilleur dirigeant. Je sais aussi combien dans nos pays il est facile de truquer des élections. Doit-on pour autant admettre la primauté de la force sur le vœu populaire ?

## 4

La villa se trouvait à plus d'un kilomètre en dehors de la ville. J'appuyai sur la sonnette. La porte s'ouvrit et Houria m'apparut.

Elle portait les cheveux coupés, et avait abandonné l'habit traditionnel au profit d'une jupe et d'un chemisier. Ses lèvres étaient enduites de rouge. Ainsi devenue, la rencontrant dans la rue, je ne l'aurais pas reconnue. Je n'approuvais pas ces changements dans sa tenue, mais je n'eus guère le loisir de réfléchir, car mon cœur battait à grands coups dans ma poitrine et j'avais une terrible envie de la saisir dans mes bras. Mais elle me regardait sans sourire, sans faire le moindre geste, presque froidement, et je ne lisais même pas de l'étonnement dans ses yeux. Il me semblait au contraire qu'elle attendait ma visite.

— C'est toi ? fit-elle pour rompre un silence qui devenait gênant à durer. Tu n'es donc pas mort ?

Brusquement, je me sentis envahi par une immense lassitude, un découragement infini. Avoir vécu toutes ces longues années de peine avec l'espoir de revoir un visage aimé et ne retrouver, en fin de compte, qu'un être renfrogné qui ne faisait pas même l'effort de m'adresser un sourire et qui semblait me reprocher d'être encore en vie. J'eus l'envie de tourner le dos pour m'en aller le plus loin possible.

Qu'avait-on donc fait de ma femme ? Le désir de savoir et le souvenir de mon fils me retinrent.

Je lui répondis que j'étais encore vivant, en effet.

Elle me fit entrer dans une vaste pièce luxueusement décorée. Elle m'invita à m'asseoir sur un beau sofa. J'hésitai un moment car je craignais de le salir.

Elle me demanda si j'étais passé par le douar. Je répondis que oui.

— Comment ça va, là-bas ?

Je lui dis que je n'en savais rien, car on m'en avait interdit l'entrée.

— Probablement mal.

J'ajoutai que mon père avait beaucoup vieilli, ainsi que son cheval, qu'ils étaient devenus aussi faibles l'un que l'autre et que néanmoins ils continuaient à s'échiner sur une terre seulement prodigue de rocailles.

Elle me demanda la raison de ma venue dans la ville.

J'eus soudain envie de me lever pour me mettre à tout détruire, à tout briser dans cette pièce cossue où je ne pouvais admettre Houria en maîtresse des lieux, avant de la saisir, elle, par ses cheveux coupés, lui cogner la tête contre les murs, arracher son masque colorié pour découvrir enfin le vrai visage de Houria, celui baigné de larmes du jour de mon départ.

Je restai un instant silencieux devant sa terrible question.

Je lui racontai enfin une partie de mon histoire, lui expliquai la situation dans laquelle je me trouvais et la nécessité pour elle de m'accompagner au village pour que ma situation soit régularisée.

— Je regrette, je ne peux pas venir.

La phrase tomba avec la rectitude tranchante d'une guillotine.

Je lui demandai la raison de ce refus. Elle me répondit que rien ne pouvait changer.

— Sinon, je perdrais ma pension.

Puis elle ajouta qu'elle avait besoin de cet argent pour vivre, qu'elle était bien triste pour moi mais que je devais continuer à me considérer comme décédé.

Je l'interrogeai sur mon fils.

Alors, brusquement, son masque de froideur enfin disparu, elle éclata en sanglots.

Elle pleura longtemps. J'eus envie de l'entourer de mes bras et de la consoler, mais je n'osai pas.

— C'est pour lui, dit-elle, que j'ai tout accepté.

Puis elle se mit à parler. Longuement. Je l'écoutais, immobile, sans faire la moindre remarque.

## 5

Nous sommes assis adossés à un mur d'enceinte, baignant dans la clarté de la lune. La jovialité tradi tionnelle de Vingt-Cinq a presque disparu. Ses propos se teintent d'amertume.

— Dans mon pays, les jeunes taureaux ne restent jamais tranquilles. Ils n'arrêtent pas de courir dans tous les sens, bousculent les uns et les autres, ne laissent aucune vache en paix, car, dans l'illusion de leur jeune force, ils veulent copuler sans désemparer, sinon pour se remettre à la bagarre, oublient de paître et répandent l'émoi parmi le troupeau. Il faut alors les castrer. Ils deviennent ainsi doux et tranquilles, ne s'occupant plus que de brouter la meilleure herbe, et au moment de l'abattage se trouvent gros et gras, et le propriétaire et le boucher se frottent les mains de satisfaction.

— Oui, reprend en écho l'Ecrivain. Vieux procédé. Comme autrefois on castrait les jeunes chantres de la chapelle Sixtine pour empêcher leurs voix de muer.

A quelques dizaines de mètres de nous, Rachid. Corps collé au lampadaire, à s'y confondre. Silhouette incongrue qui accroche le regard. La tête est levée vers le halo lumineux. Le garçon est obnubilé par la danse des papillons nocturnes qu'il croit avoir saoulés par les vapeurs d'alcool qu'il ne cesse d'éructer vers le ciel. Sa tête est lourde.

— Je vais me suicider, déclare-t-il.

Fly-Tox lui crie de venir nous rejoindre. Il baisse la tête dans un mouvement rectiligne d'automate et nous observe un moment.

Vingt-Cinq l'encourage d'un signe de la main.

— Je ne peux pas quitter ce lampadaire qui s'est pris d'amitié pour moi. Notre séparation nous rendrait à nos états d'orphelins. Qui nous consolera, quand tant de pères se sont déjà récusés ? N'avez-vous jamais remarqué sa solitude ? A pleurer. Je recommanderai à l'Administrateur de ne plus ériger les éclairages publics que par couple. Et d'ailleurs, si je le quitte, qu'adviendra-t-il de mon corps gigantesque brusquement privé de son amical soutien ? Comment assurer mon équilibre ? Ne vais-je pas m'affaler sur le sol comme un pantin aux fils sectionnés ? Qui acceptera alors de me relever, de me recueillir ? Si l'alcool alourdit ma tête, il n'obscurcit pas ma conscience, et ma lucidité reste totale. Je préfère aller me suicider.

Avec des efforts apparents, Rachid s'ébranle lentement. Se détache du lampadaire. Il oscille dangereusement, comme un arbre scié à la base. Va-t-il s'abattre ? Il aventure néanmoins quelques pas saccadés. Et puis brusquement il se plie en deux et demeure immobile à fixer quelque chose sur le sol. Contractés par l'attention, les muscles de son visage sculptent sa peau, déforment ses traits et lui donnent un air de souffrance infinie. Va-t-il vomir ses entrailles ? Mais voici un sourire qui s'épanouit.

— Holà ! cafard, que fais-tu là ? Ote-toi de mon chemin. Tu entends ? Libère le passage, éclipse-toi, je ne veux pas te voir. Tu peux continuer à croiser et décroiser tes antennes, tu ne me fais pas peur. J'ai la priorité, c'est à moi de passer d'abord.

Le Sahraoui déplie avec peine les segments de son corps longiline. De sa hauteur, il continue à fixer l'animal.

— Tu restes immobile à m'observer sournoisement. Sache que ma patience a des limites. Tu dois libérer la voie. Pour qui te prends-tu donc pour oser défier ainsi le Sahraoui qui ne craint pas de fixer le soleil ? Tu n'es qu'un animal de nuit, tu vis dans l'obscurité et te nourris des déchets surnageant dans l'eau nauséabonde des égouts. Ne sais-tu pas que d'un geste, d'un seul, je peux t'écraser sous ma semelle et faire jaillir sur le sol tes puantes entrailles ?

Mais Rachid prend soudain conscience de sa condition. Toute vaine arrogance disparue, il s'assied sur le sol et se met à hocher la tête avec une conviction d'ivrogne.

— Tu peux aller, va ! Tu es mon frère. Je ne suis aussi qu'un cafard.

Nous observons en silence le Sahraoui. Le cancrelat existe-t-il ou n'est-ce qu'un effet de son imagination ?

— Si l'alcool ne parvient plus à nous débarrasser de notre lucidité, en quoi nous réfugier ?

En fin de compte il se lève et vient vers nous. Il happe au passage le poste de radio de Fly-Tox et continue son chemin. Il dépose l'appareil sur le rebord du mur d'enceinte et colle son oreille contre le haut-parleur. Il se laisse envahir par la douceur de la musique et le charme de la voix de la chanteuse qui proclame une passion éperdue pour son bien-aimé. Vif mouvement de la tête qui la détache de l'appareil. « Est-ce à moi qu'elle s'adresse ? » Sourire triste. « Allons, je sais bien que même une chèvre ne voudrait pas de moi. A quoi bon se leurrer ? » Il manipule le bouton du poste et tombe sur un discours emphatique. Ses yeux brillent. Sa colère monte comme l'eau de l'écluse.

— Tais-toi !

Mais à ce cri, la voix métallique se charge de

conviction et le débit de l'orateur refuse de marquer la moindre hésitation.

— Ces hommes vivent-ils dans le même monde que nous ? D'où leur vient cette assurance ?

Le ton martelé continue de flétrir les interrogations de Rachid.

— Tais-toi !

D'un violent coup de tête Rachid envoie l'appareil de l'autre côté du mur. Mais par-delà l'obscurité la voix continue à houspiller le garçon qui finit par s'enfuir, courbant inconsciemment le dos sous les invectives.

## 6

— Tout a commencé le jour où je me suis présentée à la mairie du village pour demander ma pension. Ton père m'accompagnait. On m'a fait comprendre que cela n'était pas du ressort de la commune et on m'a donné l'adresse de l'administration compétente. C'était ici, dans cette ville. Ton père avait refusé de délaisser son travail. Je suis venue seule. La première personne rencontrée m'a fait comprendre que ce n'était pas une mince affaire d'obtenir une pension et qu'il convenait avant tout de constituer un dossier complet. Puis il m'a fourni la liste des pièces nécessaires. En passant, j'ai vu une grande salle pleine à craquer de gens qui se trouvaient dans mon cas. A ma seconde visite, j'ai été reçue par un monsieur qui m'a parlé très amicalement. J'ai été ravie. En me quittant, il m'a promis d'intercéder en ma faveur pour me ménager une entrevue avec le sous-directeur. Je l'ai remercié vivement pour toute la peine qu'il se donnait pour moi. Une semaine plus tard, j'ai en effet été reçue par ce responsable. Il s'est montré encore plus amical que l'autre. Il m'a dit que mon affaire ne posait aucun problème, que j'allais obtenir ma pension, qu'il suffisait d'attendre le temps nécessaire pour que la procédure suivît son cours. Puis il m'a interrogée sur ma vie, sur ma famille, sur le nombre d'enfants que j'avais, sur mes moyens d'existence. Je lui ai tout dit, et décrit la misère dans laquelle nous nous trouvions. Il s'est montré scandalisé. « Nous ne pouvons admettre, disait-il, que les familles de nos glorieux martyrs, qui ont fait le sacrifice suprême pour que vive le pays, puissent ainsi rester dans le dénuement. » Il ajouta qu'il allait personnellement prendre en main mon cas et veiller à me faire bénéficier de tous mes droits. Il m'a appris ainsi que j'avais droit à un logement plus décent que le gourbi que j'habitais.

« " Je vais m'en occuper, a-t-il conclu en se levant. Revenez me voir dans un mois. " Ton père mis au courant a refusé catégoriquement d'aller vivre en ville. " C'est ici que se trouvent ma terre et mon pays. Je n'irai nulle part ailleurs. " J'ai longtemps hésité. Je ne voulais pas quitter tes parents, qui m'avaient toujours traitée, depuis le jour de ton départ, comme leur fille, malgré ce que tu sais, et je n'osais m'aventurer seule hors de l'aire tribale. Mais j'ai pensé à notre fils, à la misérable vie qui serait la sienne : d'abord berger, et puis, plus tard, remplacer son grand-père pour tenir les manches de la charrue. Est-ce une existence ? Le sous-directeur m'avait promis qu'une fois là-bas mon enfant pourrait fréquenter une école spéciale réservée aux orphelins de guerre, sans avoir rien à payer, car tout y était gratuit, le logement comme la nourriture.

« Quand j'ai informé ton père de ma décision, il a longuement hoché la tête.

“ Tu peux partir, si tel est ton désir. Tu as peut-être raison. Je ne peux rien te dire, ma fille. Moi, je suis trop vieux pour changer de vie. ”

« Le sous-directeur m'a chaleureusement accueillie.

“ Les choses vont être plus simples maintenant que vous allez habiter dans la ville. Je m'occupe des démarches nécessaires pour faire entrer votre fils à l'école. En moins de deux mois vous aurez votre logement. En attendant, si vous avez besoin de quoi que ce soit, n'hésitez pas à venir me voir. ”

« Il me donna de l'argent, une petite avance, dit-il, de quoi tenir un peu en attendant l'arrivée de la pension. Comme j'en avais besoin, j'ai accepté, lui promettant que je n'oublierai pas de le rembourser. Deux jours après mon installation dans cette villa il est venu m'apprendre qu'il venait d'obtenir l'admission de mon fils à l'école et qu'il convenait de l'y emmener immédiatement. Il nous a accompagnés dans sa voiture.

« Un jour, à la tombée de la nuit, il est venu me rendre visite. Il était ivre et avait les yeux rouges. Il s'est montré inconvenant et je l'ai repoussé violemment. Alors il s'est énervé et a commencé par me menacer. Il m'a dit que je risquais de ne jamais voir arriver ma pension, que mon fils pourrait être exclu de l'école et de plus il a exigé le remboursement immédiat de l'argent qu'il m'avait avancé. Comme je persistais à le repousser, il s'est jeté sur moi. Je me suis mise à crier et à me débattre, mais la villa était isolée et lui très fort.

« Son désir assouvi, il est parti, mais pour revenir le lendemain, et le jour suivant, et beaucoup d'autres jours encore.

Je me levai d'un mouvement brusque, mais Houria me retint par le bras.

— Non, dit-elle, tu m'écouteras jusqu'au bout.

A partir de ce moment, je ne sus plus très bien ce qui se passa. Des bourdonnements envahissaient ma tête, comme lorsque je m'étais réveillé après le bombardement du camp. Je me trouvais dans un état second, je me mouvais parmi un univers ouaté, et les bruits et les voix ne me parvenaient qu'à travers un épais rideau qui en amortissait la portée et le sens, et mon esprit enregistrait les phrases sans en pénétrer la signification, il me semblait que mes mouvements se démultipliaient, comme un cri par l'effet de l'écho, qu'insensiblement mon corps entier m'échappait, que mes membres refusaient d'obéir à ma volonté, que tous les objets de la pièce se mettaient à ricaner et à me narguer, qu'ils se déplaçaient à mon insu, pour réapparaître en un autre endroit avant de revenir à leur place originale, comme s'ils voulaient brouiller définitivement les cartes, interpeller ma raison.

Houria était impitoyable.

— Non, disait-elle, tu m'écouteras encore.

Et elle continua.

— Il a pris l'habitude de revenir avec trois autres hommes, et des femmes à chaque fois différentes. Beaucoup travaillaient à l'usine de tapis où tu es allé. Ils amenaient avec eux plusieurs bouteilles de vin. Ils jouaient aux cartes et buvaient jusque très tard dans la nuit, puis, quand ils étaient bien ivres, se livraient sur nous aux pratiques les plus viles, les plus dégradantes. C'était horrible ! Je n'aurais jamais cru l'esprit humain capable de tant d'inventions perverses. Il y avait pire, car j'étais parfois seule, et il me fallait satisfaire leurs exigences simultanément.

Je crois que je m'étais recroquevillé dans un coin de la pièce, où m'entourait lentement l'obscurité de la nuit tombante. Du fond du monde me parvenait encore la voix de Houria.

— Puisque tu as eu la mauvaise idée de ne pas mourir au maquis, puisque tu as eu la mauvaise idée de retrouver la mémoire, puisque tu as eu la mauvaise idée de chercher à savoir, puisque tu as eu la mauvaise idée de venir me retrouver, tu m'écouteras jusqu'au bout.

Et, martelant ma mémoire comme les coups d'un bélier infatigable, le déluge de mots reprenait.

— Au début, j'ai cru que la sollicitude dont on m'entourait était à mettre au compte du respect dû à la mémoire de mon mari défunt. Il m'a fallu me détromper. En fait, depuis le jour où j'ai quitté le giron tribal, je n'ai pas cessé d'être en butte à la concupiscence des hommes. Pendant que j'exposais mes doléances, leur regard me déshabillait, évaluait la fermeté des seins, l'épaisseur des hanches, la cambrure des reins. Je lisais très bien dans leurs yeux leur unique désir : pouvoir un jour me culbuter dans un lit. Ils se souciaient de mon cas comme d'une guigne. Toute relation avec une femme n'est jamais conçue que dans un but : arriver à la renverser sur le dos. Ce n'est qu'un être second, source et objet de plaisir. La naissance d'une fille est une tare qui vient frapper la famille. On n'en parle jamais, on essaie d'oublier son existence, de la cacher aux autres. Fruit tentateur, elle est élevée dans de sombres alcôves, comme une fleur d'ombre, sans jamais voir le soleil, loin, loin, loin, hors de portée des mâles qui se pavanent dans les rues en trimbalant leur convoitise. Elle ne reste qu'une chimère furtivement aperçue dans l'entrebâillement d'une porte, ou d'un volet de fenêtre. Son apparition au grand jour est un scandale. Accourent les mâles aux désirs bridés.

« La femme violée est toujours fautive, elle a dû aguicher l'homme, le provoquer, toute femme est une putain en puissance, sa beauté une circonstance aggravante. L'homme qui vous écartèle et vous viole a déjà tout oublié en rajustant son pantalon. Il rentrera chez lui la conscience tranquille.

« Sans protection et sans moyens de subsistance, les veuves des combattants seront les proies rêvées de tous les appétits malsains, tenues de déambuler de lieu en lieu à la poursuite d'une hypothétique pension qui, dans le meilleur des cas, leur sera accordée comme une aumône par des bureaucrates arrogants qui, pendant la guerre et le feu, se terraient au fond de leurs maisons aux portes closes et qui, la paix revenue, s'empressent de réapparaître, par milliers, comme les cancrelats sortent des bouches des égouts avec la nuit tombante, qui se bousculent pour occuper les meilleures places, prononcer les discours les plus pathétiques sur les héros disparus. Héros disparus, si vous saviez le sort réservé à vos enfants et à vos veuves !

## 7

— Pourquoi as-tu cessé de faire la prière ? demande Omar.

— Je ne sais pas.

— Tu as perdu la foi ?

— Non, je ne crois pas.

— Alors, pour quelle raison ?

— Je ne me suis jamais posé cette question.

— Mais il t'a bien fallu un jour prendre la décision d'arrêter.

— Cela s'est passé très simplement. Un jour, l'heure de la prière venue, je me suis tourné vers La Mecque, mais je me suis rendu compte que j'avais oublié la *fatiha*. Je ne me rappelais plus du moindre mot de la Soura, et je suis resté longtemps ainsi immobile, toujours tourné vers l'est, sans parvenir à comprendre ce qui m'arrivait. Alors il m'a bien fallu abandonner.

— Tu crois toujours en Dieu ?

— Je pense que oui.

— Comment concilier ?

— Il m'a semblé que Dieu ne voulait plus recevoir mes prières. Qu'il se désintéressait de mon sort, comme d'ailleurs de celui de tous les autres hommes, qu'il ne voulait plus entendre nos litanies, qu'il avait perdu espoir en nous, qu'il considérait que les affaires terrestres ne le concernaient plus. Il s'en lavait les mains, en quelque sorte. Il ne se sentait plus responsable. Il démissionnait. Il nous laissait libres. Pour qu'on n'établisse plus de relation entre le comportement des hommes et la volonté divine. Il débrayait. Un peu comme mon père qui se savait totalement dépassé.

## 8

Intrigués par le bruit de la sonnette, les quatre hommes attendaient. Ils se figèrent autour de la table en me voyant apparaître.

— Qui es-tu ? demanda l'un des hommes.

Sans répondre, j'avançai de quelques pas.

Les regards se tournèrent vers Houria restée debout près de la porte.

— Qui est cet homme ?

Je voyais leur colère monter devant cette intrusion intempestive et leurs yeux se mettaient à lancer des éclairs.

— C'est mon mari ! lança Houria dans un ton de défi.

J'avançai encore de quelques pas.

Revenu de sa stupeur, l'un d'eux grogna :

— Qu'est-ce que cette mauvaise plaisanterie ?

Je restais debout, sans prononcer le moindre mot,

sans faire le moindre geste. Mon mutisme et mon immobilité les enhardirent.

— Toi, l'homme, cria l'un d'eux, approche ici et dis-nous ce que tu veux.

Le ton cavalier de l'homme rassura ses compagnons qui durent me prendre pour un quelconque commissionnaire.

Ils ne voyaient pas mon bras droit, caché par un meuble. J'avançai encore et ils aperçurent enfin le double canon du fusil pointé vers eux.

La terreur les paralysa sur leurs chaises.

Les cartouches étaient chargées de chevrotine. L'index et le majeur recourbés sur les deux détentes. J'appuyai une première fois, une seconde.

Ils furent tous atteints, et je les vis se tordre de douleur, le visage et le cou ensanglantés. Aveuglés par les flots de sang. Tâtonnaient, rampaient sur le tapis, comme des vermisseaux. Fous de terreur et de souffrance, criaient et suppliaient.

Comme des vermisseaux.

Comme des porcs. Trois d'entre eux avaient déféqué dans leurs pantalons.

Je restai longtemps à les observer, puis lentement, je rechargeai mon fusil. Avec des balles.

Je remis enfin mon arme sur l'épaule et me retournai pour partir. Houria vint à ma rencontre. Ses yeux suppliaient.

— Maintenant, me dit-elle, tu es là pour veiller sur notre fils.

Alors de nouveau j'empoignai mon fusil.

## 1

— Que sommes-nous ? demande l'Ecrivain.

Vingt-Cinq se lève et sort à la recherche de Fly-Tox laissant ainsi pour la première fois Omar et l'Ecrivain face à face. Deux frères ennemis qui s'épient en permanence, sans jamais parvenir à vider leur querelle.

Pour une fois, Omar dresse la tête et fixe franchement l'Ecrivain. Hargneux.

— Qu'as-tu fait, toi qui aurais pu beaucoup, quand ta voix portait jusqu'au-delà des mers ?

Comme un hérisson, l'Ecrivain se referme davantage sur lui-même.

Omar poursuit :

— Pourquoi cette question ? Tu n'es plus désormais qu'un bourdon stérile qui se morfond dans de sombres monologues et se complaît dans la compagnie d'un vieillard alcoolique et superstitieux.

— Il ne faut pas juger, lâche l'Ecrivain au bout d'un long silence.

Omar rentre la tête dans les épaules : prémices de pitié.

— Pourquoi vouloir affubler de signification le soleil qui se lève, qui se couche, alors que nous savons le mouvement des astres régi par des lois impérieuses et strictes, qu'il en a toujours été ainsi, qu'il ne peut pas en être autrement ?

Omar retrouve sa hargne.

— Le projet n'était pas de nous. C'est dans le maquis que nos aînés avaient mûri ce grand rêve de fraternité. Utopique, mais combien généreux. Qui rendait à l'homme sa vraie place. Nous avons été trahis. Des deux côtés. Mais il y a une différence. Les ouvriers qui construisent la clôture ne savent pas qu'ils participent à leur propre encerclement. Mais vous, les intellectuels, pourquoi nous avoir trahis ? Que vous a-t-on promis ?

— Ce n'est pas ainsi que les choses se sont passées.

— Et qu'a-t-on fait de vous ? Heureux de tenir le registre de la liste d'attente pour la future distribution de frigos. Vous êtes tous devenus des clercs, jaloux de leurs postes et de leurs privilèges. Vous vieillirez sagement, dans le confort et la paix de l'esprit, en regardant s'arrondir vos panses, comme des bourgeois repus. Vous vous êtes tus quand nous clamions vos noms !

— Vous chantiez sous le soleil, ignorant tout du tragique de l'existence. Comment vous expliquer que la réalité était... différente, que c'était autre chose.

— Nous avons crié aussi. Et nul écho n'a répercuté nos cris.

— Cela est vrai. L'imposture est partout.

— Mais vous disiez...

— Justement. Des mots, des mots, rien que des mots, seulement des mots. De moi ou d'un autre, citez-moi un seul acte qui vaille.

— Tout commence avec de simples mots.

— Ne vous trompez pas une seconde fois. Nul n'assumera votre projet. A chaque fois que vous descendrez dans l'arène, au moment fatidique, vous serez seuls.

Omar saisit la guitare dont il se met à régler les cordes, faisant mine de se désintéresser de la conversation. Craint-il, en faisant montre de trop d'attention, d'inhiber le flot de confidences qu'il sent venir chez cet homme habituellement taciturne et secret ? Veut-il signifier par là qu'aujourd'hui plus rien n'a d'importance ?

## 2

Je me tenais assis sur une borne kilométrique, au bord de la route. Le canon du fusil reposait contre ma jambe. Avec le soleil levant, j'observais le ciel et la campagne. Un grand silence régnait. L'instant me semblait imminent. Comme l'air lourd annonce l'orage qui couve. Comme si la terre, depuis longtemps grosse de quelque obscur et formidable événement, allait enfin mettre bas, et le monde effacer sa mémoire ancienne pour s'offrir une nouvelle virginité, un autre premier matin. Et, brusquement, je compris la raison de cette sensation et l'origine du malaise qui me saisissait à chaque fois que je me trouvais dans la campagne : le grand silence. Il n'y avait pas d'oiseaux ! Pas un seul. Nulle part. Ni dans le ciel, ni sur les branches des arbres, ni parmi l'herbe des champs. Pas le moindre pépiement. Pour quelle raison les oiseaux avaient-ils déserté le pays ?

## 3

— L'imposture est partout. Il y a longtemps que j'ai démasqué les faux sentiments qui me tenaient lieu de prétextes pour justifier mes fuites et mes lâchetés. J'ai toujours été un pleutre et un lâche. J'ai passé le plus clair de mon enfance à organiser mes dérobades, à justifier mes renoncements, à renouveler mes trahisons. Dans la drôle d'école où j'ai fait mes premières classes, les instituteurs français s'amusaient parfois à taquiner les petits Arabes. Ils nous demandaient si nous aimions la France. Les élèves, réticents, baissaient la tête sans répondre. J'ai dit oui, fièrement, en relevant le front, et la vigueur de mon affirmation choqua mon propre instituteur, sans doute effaré devant le gouffre entrevu des sombres sentiments qui me poussaient ainsi à proclamer ce reniement de ma patrie.

« Un jour, j'ai volé un piège à moineaux appartenant à un voisin de mon âge. Quand, l'air mauvais, il m'a coincé contre un mur, j'ai accusé ma sœur d'avoir commis le larcin. Il a grogné qu'il allait la baiser sur-le-champ, et, pour l'amadouer, je lui ai adressé un sourire consentant.

« Une autre fois, dans une circonstance analogue,

j'ai dû consentir au geste ultime devant un autre garçon : baisser le pantalon.

« Mes parents avaient recueilli une petite orpheline légèrement plus âgée que moi. A devoir supporter mes caprices et mes fantaisies, sa jeunesse fut un long calvaire. J'étais l'unique garçon de la famille, et je savais mon pouvoir sur elle. Un jour que nous étions seuls, j'ai violé la fille, après l'avoir menacée de la faire renvoyer si elle ne me cédait pas.

« Le bien et le mal sont restés pour moi des notions d'une parfaite abstraction. Je les retrouvais dans les discours de mon instituteur, dans les livres que je lisais. J'en admettais l'existence, comprenais parfaitement le remords du malfaiteur. Je l'aurais qualifié d'immoral s'il n'avait rien éprouvé après l'accomplissement de son forfait. Mais cela ne dépassait pas pour moi les limites d'un jeu aux règles implicitement admises, et ne pouvait en aucun cas me concerner concrètement. Dans mon univers personnel, il n'y avait qu'un égoïsme forcené. Je mentais, je volais, je violais, j'aurais assassiné en toute clarté de conscience, dans la paix de l'âme.

« C'est monstrueux, dira-t-on. Et je sentais bien la bête malfaisante qui grouillait en mon sein. Ma seule excuse : j'étais impitoyable avec moi-même et je traquais mes sentiments jusque dans leurs derniers retranchements. Comment alors répondre à vos appels, sinon à assumer une nouvelle imposture ?

« Pouvoir des mots couchés sur le papier, la plus terrible des impostures ! C'est pour cela que je me suis tu.

## 4

Les pneus de la jeep crissèrent sur le sable du bas-côté de la route. Les deux gendarmes descendirent simultanément. En apercevant le fusil, l'un d'eux se mit à déboucler la gaine de son arme. Son chef le calma d'une main apaisante et s'avança vers moi.

Lentement, il tendit la main et je lui remis le fusil.

— Il faut que tu viennes avec nous, me dit-il.

Je hochai la tête et me levai. Il me saisit le bras, d'un geste plus fraternel que méfiant.

Je montai à l'arrière de la voiture qui vira et partit en direction de la ville. Quand nous descendîmes devant la gendarmerie, on me conduisit dans une pièce construite en béton nu et qui contenait trois lits. La lourde porte fut refermée derrière moi. La lumière du jour pénétrait par une petite lucarne. Un homme se trouvait allongé sur l'un des lits. Je me dirigeai vers un autre et m'assis. L'homme me détailla un moment avant de reprendre le cours de sa méditation.

Sur le béton du plancher, j'aperçus une nuée de fourmis qui allaient et venaient en tout sens. Je relevai mes pieds, de peur de les y voir grimper.

Je restai un moment immobile et silencieux. Je me mis à examiner mon compagnon de cellule, toujours absorbé dans sa réflexion. Puis mes yeux se reposèrent sur le plancher. Une plus grande attention me permit de distinguer qu'il y avait deux espèces de fourmis. Les unes rouges, élancées, rapides dans leur course, étaient familières à mon enfance. Mais je voyais les autres pour la première fois de ma vie : grosses, noires et lentes à se mouvoir. Je suivis un instant des yeux les mouvements des unes et des autres. Je me rendis compte avec stupéfaction qu'elles étaient en train de mener une véritable bataille rangée. J'avais assisté dans ma jeunesse à des combats de scorpions mais je n'avais encore jamais vu se battre ces hyménoptères qui sont habituellement des animaux disciplinés, vivant en harmonie dans leur fourmilière, évitant tout mélange de races. Quel obscur mais vital enjeu amena ces bêtes à s'aventurer hors de leurs terriers pour venir s'entretuer sur cette surface de béton ?

Mon compagnon, qui avait suivi mon regard, lança :

— Il n'y a pas que les hommes ici-bas pour savoir se trucider. Elles aussi ont leurs guerres.

Je me penchai sur le sol pour mieux observer le champ de bataille. Les fourmis rouges utilisaient avec une grande intelligence les accidents du béton grossier et mal aplani, mettaient au point de vastes plans stratégiques, élaboraient des pièges subtils dans lesquels venaient bêtement s'engouffrer leurs adversaires, savaient se ménager des retraites opportunes et lançaient des contre-attaques foudroyantes qu'elles menaient avec maestria et courage. Face à elles, les fourmis noires étaient lourdes, peu mobiles, avançaient en rangs serrés sans aucune stratégie apparente. Je me dis que les fourmis rouges n'allaient faire qu'une bouchée de leurs ennemies.

Je me trompais.

Il suffisait d'observer avec une plus grande objectivité.

Parvenues à faible distance, les deux combattantes s'observaient un moment, puis tournaient l'une autour de l'autre, chacune cherchant à saisir l'abdomen de l'autre entre ses mandibules. Elles finissaient par se retrouver mandibules contre mandibules. Mais celles des fourmis noires étaient plus grandes et devaient être envenimées, car aussitôt saisies les bêtes rouges cessaient de se débattre avant de rouler sur le sol.

En réalité les fourmis noires étaient en train de faire un véritable carnage. Indigné, je me levai pour écraser sous mes souliers ces stupides animaux noirs injustement avantagés par la nature.

— Laisse donc, fit mon compagnon, il faut que le destin s'accomplisse.

Je songeai à mon père qui me laissa partir en me tournant le dos, à Dieu qui ne voulait plus se laisser concerner par les affaires des hommes et je me rassis sur le lit.

A cet instant la porte de la cellule s'ouvrit. A mon grand étonnement, je vis apparaître le Messie. Il avançait en souriant à la ronde, n'ayant rien perdu de sa majesté ni de sa morgue, comme s'il se trouvait en quelque riche salon bourgeois. L'assurance de cet homme m'étonnera toujours. Il observa un moment mon compagnon avant de porter ses yeux sur moi. Il fronça les sourcils, rappelant ses souvenirs. Je lui adressai un large sourire.

— Ah ! oui, dit-il, je te reconnais. Tu es le frère de Saïd le cordonnier.

J'approuvai de la tête.

Il vint s'asseoir à mon côté sur le lit.

— Que t'arrive-t-il ? lui demandai-je.

— Rien de grave. Cela fait partie des ennuis raisonnables dont je t'ai parlé. Il y a toujours des gens qui font du zèle. Le temps que se donnent quelques coups de téléphone et la porte s'ouvrira pour moi. D'ailleurs, je ne me plains pas. Par les temps qui courent, c'est en prison qu'on rencontre les gens les plus intéressants. On s'y fait souvent des connaissances très utiles.

Il tira un long cigare de la poche de sa veste et l'alluma après l'avoir longuement fait craquer entre ses doigts.

— Et toi ? demanda-t-il. Pourquoi es-tu ici ? Tu as retrouvé ta femme ?

— C'est une longue histoire.

— Raconte, ça me fera patienter.

La moue pensive du Messie ponctua d'un air de gravité la fin de mon récit.

— Ce n'est pas une petite affaire, lâcha-t-il. Mais, à la réflexion, ton cas n'est pas indéfendable. Il faut cependant éviter que l'affaire ne prenne une tournure politique. Cela doit rester un bon crime passionnel. Pour ça il te faudra un bon avocat.

— Je ne veux pas d'avocat.

— Comment ?

— Tu as bien compris. Je n'ai pas besoin d'avocat.

— Que comptes-tu faire ?

— Rien.

— Vraiment ?

Je baissai la tête sans répondre. Comment lui expliquer que je me sentais dominé par une immense lassitude, que rien n'avait plus d'importance à mes yeux, que les actes de la vie quotidienne avaient perdu leur sens et leur justification, que je n'avais plus à l'esprit qu'une terrible envie de dormir, dormir, dormir...

— Et ton fils ?

Le coup porta, comme celui d'un poignard. Je détournai la tête, pour éviter de répondre, mais surtout parce que des larmes noyaient mes yeux.

La porte qui s'ouvrait créa une diversion. Sa veste à la main, le Messie sauta sur ses pieds, certain qu'on venait le libérer. Effectivement, le gendarme, debout sur le seuil, lui fit signe de la tête. Avant de disparaître, le Messie se retourna pour me dire :

— Je vais voir ce que je peux faire. Au moins pour ton fils. Je vais sonner le rappel de mes amis. Tu sais que j'en ai beaucoup. Ce sera bien le diable si on n'arrive pas à quelque chose. C'est promis, je repasserai te voir.

Et il s'en alla.

La porte refermée, mon compagnon se redressa.

— Je connaissais les hommes que tu as abattus.

Des crapules qui ne méritaient pas de vivre. Tu ne dois pas regretter ton acte.

— Je ne regrette rien.

5

— Si nous parvenons à nous évader, où irons-nous ? interroge l'Ecrivain.

Les hommes restent pensifs.

— Pour nous, il n'existe aucun asile en ce monde, aucun.

Omar : — Nous marcherons longtemps par monts et par vaux. Nous irons voir les fils du soleil. Nous leur poserons des questions pertinentes et précises et nous saurons nous montrer intransigeants pour évaluer les réponses, afin de décider en commun si nous devons observer une halte. En désespoir de cause, nous nous enfoncerons dans la nuit et la forêt.

Rachid : — Moi, j'irai vers le sud. On dit que là-bas des guérilleros intrépides sillonnent le désert sur leurs jeeps rapides. J'irai leur parler. Peut-être réussirai-je à les convaincre de remonter vers le nord, à l'improviste, pour foutre en l'air tous les régimes pourris de la région.

Omar : — Nous leur dirons tout. Nous discuterons avec eux sans faux-fuyants. Nous aurons à démasquer toutes les supercheries. Et, en fin de compte, nous les laisserons juges.

## 6

Deux jours plus tard le Messie réapparut dans ma cellule. Il entra en tenant un paquet à la main.

— Je t'ai apporté quelques fruits, dit-il.

Je lui trouvai un air de gravité inhabituel. Son assurance et son sourire coutumiers avaient disparu.

— Je ne fais que passer, continua-t-il. Je n'ai pas beaucoup de temps. Pour ce que je t'ai promis, je regrette, mais je n'ai rien pu obtenir. Et je crois que personne ne pourra rien pour toi. Ton affaire est bien plus grave que je ne pensais. Que Dieu te garde : tu as touché aux intouchables. Ils sont en train de te faire un dossier terrible. Ils t'ont déjà collé sur le dos la grève des éboueurs, à ce que j'ai appris. Et ce n'est pas fini, semble-t-il.

Il disparut si vite que je restai immobile, les bras ballants, me demandant si son apparition dans la cellule avait été bien réelle.

C'est à partir de ce jour qu'avaient repris les bourdonnements dans ma tête.

Le gendarme qui avait introduit le Messie revint peu de temps après pour me demander de l'accompagner. Il m'emmena dans un petit réduit équipé d'un lavabo et d'une glace et me fournit le nécessaire pour raser ma barbe.

— Le Gouverneur a demandé à te voir, me dit-il.

Je fis ma toilette et me rasai. Puis on me conduisit en voiture dans un bâtiment au centre de la ville. Nous montâmes jusqu'au troisième étage et on me fit entrer dans une petite pièce vide qui contenait plusieurs sièges. Au bout d'un moment d'attente, une secrétaire vint me conduire dans le bureau du Gouverneur. La porte refermée, j'avançai de quelques pas. L'homme se tenait assis derrière son bureau et m'observait attentivement. Il avait un regard dur et tranchant. Il baissa le regard et se mit à compulser un dossier qu'il avait devant lui.

Il restait assis et moi debout.

Il me dit qu'il me connaissait, qu'il m'avait aperçu à plusieurs reprises dans le camp que commandait Si Chérif, alors qu'il était convoyeur d'armes. Il ajouta que Si Chérif avait été un grand chef, et qu'il était navré de voir un de ses compagnons se laisser aller à de tels actes, de telles horreurs, que je m'étais montré indigne de mon passé et qu'il allait demander à la justice de me punir sévèrement. Alors, pour la première fois de ma vie, je me suis énervé. Je me mis à rire de façon insolente et grossière. Je lui répondis que j'étais curieux de voir comment la justice allait procéder pour condamner un mort, un glorieux martyr dont le nom est inscrit sur le monument funéraire de son village natal, j'ajoutai que je m'amuserais beaucoup au cours de mon procès car il faudra que mes juges entendent jusqu'au bout le récit de mes aventures depuis mon retour au pays, ainsi que l'histoire de ma femme. Je parlai ainsi longtemps, avec un ton volontairement provocant, beaucoup de gestes et de fortes variations dans la voix, évoquant pêle-mêle divers événements, sans logique et sans transition. Je crois que j'ai été souvent grossier. Je crois même que je l'ai insulté.

Il me laissa parler sans protester, sans faire le moindre signe pour m'arrêter. Il avait sans doute compris que j'avais besoin de déverser mon trop-plein de rancœur.

Quand je me calmai enfin, je m'assis en face de lui. Cette grande colère venait de me purger le cœur et je n'éprouvais plus qu'une immense indifférence. Je crois que je n'aurais pas eu la moindre réaction si on m'avait annoncé que j'allais être fusillé sur-le-champ.

Le Gouverneur se leva, alla ouvrir une fenêtre et se mit à observer l'animation de la rue.

— Je vais te parler franchement, non comme à un prévenu, mais plutôt comme au Compagnon.

Il parla longtemps, me tournant le dos, m'ignorant totalement. Il semblait s'adresser à quelque interlocuteur amical et invisible.

— Tu es bien naïf, si tu crois qu'on va s'embarrasser d'une procédure judiciaire et t'organiser un joli procès. Il y a des méthodes bien plus expéditives, et des endroits spécialement conçus pour accueillir des gens comme toi. Sans mon intervention au dernier moment, ton affaire était déjà chose jugée et réglée.

Je distinguais mal ses paroles. Le bruit de la rue recouvrait parfois sa voix et des phrases entières m'échappaient, d'autant plus qu'il me tournait le dos.

Son discours ne me parvenait que par lambeaux, au rythme de l'animation de la rue.

— Naïfs, nous l'étions tous. Nous sommes descendus de nos montagnes la tête emplie de rêves... Nous rêvions d'inscrire la liberté dans tous les actes, la démocratie dans tous les cœurs, la justice et la fraternité entre tous les hommes... Mais tandis que le peuple en liesse fêtait ses retrouvailles avec la liberté, d'autres hommes, tapis dans l'ombre, tiraient des plans sur l'avenir... Et un beau matin nous nous sommes réveillés avec un goût d'amertume dans la bouche... Le désastre accompli... Certains compagnons ont tenté de reformer nos rangs dispersés. C'est alors qu'on s'est rendu compte d'une catastrophe plus terrible encore : il n'y avait plus de Compagnons, ils s'étaient laissé avoir comme des débutants. Sauté à pieds joints dans le piège destiné à les mettre définitivement hors de course...

« Regardez, regardez toutes ces belles villas des anciens colons, choisissez les plus grandes, prenez, prenez, licences de taxis, prenez, prenez, bars, hôtels, restaurants, prenez, empochez, il y en aura pour tout le monde, ne vous bousculez pas, ou plutôt si, bousculez-vous, faites des affaires, entrez dans le commerce, créez des entreprises, les banques sont là pour vous financer, empochez, enrichissez-vous, faites bombance, ne vous privez pas... Naïfs... Car vous ignoriez tout des dossiers méticuleux qui se constituaient sur votre compte et que, le jour venu, on ne manquera pas de brandir sous votre nez, à la moindre tentative de votre part d'ouvrir la bouche... Et cela a marché... n'étaient que des paysans. Pour quelques miettes, on vous retirait le droit à la parole, le droit d'intervenir, de dire non... idéaux monnayés contre des licences de bars ou de taxis, au nom de quoi pouviez-vous parler désormais ?... Naïfs... Les vrais loups avaient eu l'intelligence d'attendre que s'organise la vraie curée...

« ... commencèrent alors les pires folies... Le pays devenu un vaste champ d'expériences pour des théories venues de l'étranger... ridiculisaient nos coutumes et notre religion... Le pétrole aidant, le dollar coulait à flots au pays de l'austérité. Alléchés, de toutes parts accoururent les opportunistes, bardés de diplômes et d'idées nouvelles, toujours monnayables, l'échine souple et le langage brillant. Ils élaborèrent des projets fantastiques et la télévision convia le peuple à crier au miracle et à s'extasier devant le génie de ses dirigeants...

« Mais baissait la tête, le peuple qui crevait devant les portes des hôpitaux, manque de médicaments, manque de place, il ne faut faire que des investissements productifs, baissait la tête, le petit fellah réduit au chômage, manque de matériel, manque de semences, manque d'engrais, tout ça parce qu'on a refusé d'entrer dans la coopérative, étonné de se retrouver dans une sous-paysannerie ignorée et méprisée, absent de la terminologie officielle qui glorifie et finance l'autre paysan, celui de la coopérative, ce n'est pas juste, y a plus qu'à abandonner ses outils et sa terre, aller vers la ville...

Il continua longtemps ainsi, toujours accoudé sur

le rebord de la fenêtre. Mais soit qu'il ait baissé la voix, soit que l'animation de la rue ait augmenté, il ne me parvenait plus qu'un murmure inintelligible.

## 7

— L'homme est le plus stupide des animaux de la terre, affirme Vingt-Cinq. Parmi tous ceux dotés de quatre membres, il est le seul à s'obstiner à se tenir sur uniquement deux d'entre eux. Il n'ignore pourtant pas que son équilibre devient ainsi fort précaire, qu'un faux mouvement, une petite poussée, le moindre geste imprévu le font basculer. Pourquoi ne se tient-il pas à quatre pattes ?

« Avez-vous remarqué à quel point le visage d'un homme est expressif ? Il suffit d'un peu d'attention pour y lire, comme à livre ouvert, les pensées, les sentiments les plus secrets, les plus fugitifs de votre interlocuteur. Par contre, un cul humain est parfaitement neutre et banal. Avez-vous remarqué le soin que met l'homme à montrer son visage et à cacher son cul, alors qu'il devrait faire l'inverse ?

## 8

— Viens, dit le Gouverneur, allons voir ton fils.

Il ouvrit la porte et s'engouffra dans le couloir, me traînant derrière lui. Il marchait à grands pas tête baissée, j'avais peine à le suivre. Je remarquai la panique que créa son apparition dans le couloir. Les rires s'étranglèrent, les voix se mirent en sourdine, hommes et femmes, sourires apeurés, se plaquèrent contre les murs pour ménager un passage sans encombre au chef de la région. Quand il déboucha dans le hall d'entrée, son chauffeur, qui discutait avec le planton, se précipita dehors pour aller ouvrir la porte arrière de la voiture.

— Inutile de m'accompagner, grogna le Gouverneur. Passe-moi les clés.

Le chauffeur, dépité, s'exécuta sans mot dire. L'homme démarra en faisant gémir les pneus. Il conduisait brutalement, avec des accélérations et des freinages brusques qui me plaquaient contre le dossier de la voiture ou me projetaient vers le pare-brise. Il stoppa enfin devant la grille d'entrée d'une école. Le concierge, qui l'avait reconnu, ouvrit tout grand le portail et s'élança en claudiquant à travers la cour afin de prévenir le directeur. Nous eûmes à peine le temps de descendre de voiture que celui-ci apparut, gros et gras, court sur pattes, le visage cramoisi et suant de toute part. Il se précipita vers l'auguste visiteur pour lui serrer longuement la main, tandis que ce dernier essayait de retirer la sienne, enfouie dans une masse de chair molle et gluante. Ignorant tout de la raison de la venue du Gouverneur, l'homme oscillait entre l'inquiétude et le ravissement. Il ne m'accorda pas le moindre regard et continua d'abreuver son visiteur de souhaits de bienvenue. Ce dernier, agacé, dut y mettre un terme brutalement. Les yeux du directeur papillotèrent de crainte.

— Nous sommes venus voir un de vos élèves.

— Certainement.

A l'annonce du nom de mon fils, le gros homme parut consterné.

— Il... Il n'est pas là, finit-il par articuler péniblement, tandis que sa pomme d'Adam allait et venait dans un mouvement fébrile.

— Comment cela ? tonna le Gouverneur.

— Eh bien... c'est un élève... euh... avec qui on a toujours eu des difficultés.

— De quel ordre ?

— Il ne pouvait pas rester en place. S'enfuyait toujours. Une semaine, quinze jours, et il disparaît. Sa mère ou la police nous le ramenait, mais il ne tardait pas à s'évader de nouveau.

— Et que faites-vous ?

— Que puis-je faire ?

— Où est-il maintenant ?

— Dieu seul le sait.

Le Gouverneur remonta dans la voiture. Je l'imitai. Le directeur resta sur place à nous observer avec inquiétude.

— Il est sûrement en train de traîner dans les rues de la ville. Je vais lancer la police à sa recherche. D'ici deux à trois jours on l'aura retrouvé.

Il démarra aussitôt.

Quand il sortit de la cour je lui criai :

— Arrêtez !

Il freina brusquement.

— Que se passe-t-il ?

— Je descends ici.

— Comment cela ?

— Je vais moi-même chercher mon fils.

— La ville est grande.

— Je sais.

— De plus, je n'ai pas encore décidé ce que je ferai de toi.

— Vous ferez ce qu'il vous plaira, mais moi je descends ici, répondis-je en claquant la porte.

Le Gouverneur hocha la tête, consulta sa montre puis embraya.

J'allai m'asseoir sur le trottoir en plein soleil. Peu de temps après, un garçon d'une quinzaine d'années vint près de moi.

— Pourquoi il le cherche ? demanda-t-il après m'avoir longuement examiné.

— Qui ?

— Le Gouverneur.

— C'est moi qui le cherche. Le Gouverneur ne faisait que m'accompagner.

— Et toi, qu'est-ce que tu lui veux ?

— Tu le connais ?

— Je ne sais pas.

— C'est mon fils.

— Que faisait avec toi le Gouverneur ?

— Je te dis qu'il m'accompagnait.

— Il se dérange uniquement pour te tenir compagnie ?

— C'est une longue histoire. Si tu sais où se trouve mon fils, dis-le-moi.

— Je l'ignore. En tout cas pas dans cette ville.

— Où alors ?

— Il est remonté vers le nord, vers une autre ville, plus grande encore que celle-là, vers la mer.

# 1

Feux de midi.

Rachid observe le ciel, d'un bleu immaculé. Il a réuni ses affaires dans un baluchon.

— Je vais partir, déclare-t-il calmement.

Est-ce une provocation, un de ses défis coutumiers, ou annonce-t-il simplement une évidence à laquelle personne ne veut croire ? Sauf Omar qui essaie de l'en dissuader.

— Comme ça, en plein jour, sous le soleil ?

— Il me faut partir.

— Les gardes tireront sur toi.

Rachid sourit d'un air énigmatique.

— C'est un bon jour pour partir.

Après avoir jeté un bref coup d'œil sur Vingt-Cinq, adossé contre le mur de la baraque, il s'ébranle, immense, dégingandé. Le vieillard le regarde s'éloigner sans esquisser le moindre signe d'adieu.

Omar toise le vieillard avec sévérité.

— Tu laisses ainsi partir un ami ?

— Il n'ira pas loin, murmure-t-il, comme pour se justifier.

Omar hausse les épaules.

Vingt-Cinq, imbibé d'alcool, les yeux rouges, hoquette sans arrêt. Ou bien sanglote-t-il ? Puis il s'abîme dans un monologue presque inintelligible.

— De tout côté, à perte de vue, des ondoiements de collines. Tout est jaune. Pas un seul vert. Une immensité de chaume, aussi loin que le regard porte. La terre craquelée tremble sous la chaleur. Là-bas, au loin, sur la route, des étrangers qui passent. Ils ne s'arrêtent jamais dans notre région. Que viendraient-ils y faire ? Ils craignent l'envoûtement de nos collines. Tous nos chemins se perdent parmi des vallonnements infiniment recommencés. On s'égare vite dans ce pays, tant une colline ressemble à une autre colline. Personne ne vient nous voir. Ils ont peur de nous. Ils nous prêtent des rites barbares, anti-islamiques. Prétendent que nous continuons à enterrer vivantes nos filles à leur naissance, que nous arrosons de vin notre couscous, que nos femmes se torchent le cul avec des pages de versets du Coran, qu'elles pratiquent la polyandrie. Que l'hôte de passage se voit toujours offrir une jeune fille à dépuceler, mais qu'il court le risque de se voir kidnappé par des femelles insatiables dont il faudra assouvir quotidiennement les désirs, jusqu'à l'extrême épuisement. Affirment que la fornication est passée dans nos mœurs, comme l'homosexualité. Que nous sommes frappés d'une terrible malédiction. Que nous expierons jusqu'à la fin des temps. La malédiction !

Omar bondit sur ses pieds.

— Allons vieillard, c'est le whisky qui te joue des

tours en peuplant ton esprit de chimères. Il n'y a aucune malédiction.

Mais Vingt-Cinq est dans un autre univers.

— Le soleil boit le sang. La femme avait les cheveux dénoués. Elle suivait docilement l'homme, ignorante du sort qui l'attendait. Pas âme qui vive alentour. La lumière aveuglante. L'homme s'arrêta, ôta son fusil de l'épaule. Il pointa le canon contre la tempe de la femme. Il n'eut pas le temps de tirer, elle n'eut pas le temps de crier, que la terre s'entrouvrit.

## 2

C'est à l'entrée de la ville que j'ai rencontré mon fils. Je l'ai reconnu à ses yeux.

— Content de savoir que tu es toujours vivant, me dit-il.

Je lui répondis que je voulais voir la mer.

Il hocha la tête.

— Beaucoup comme toi ont tenu à effectuer ce pèlerinage calamiteux vers la fin de la terre. Mais aucun n'a trouvé la réponse à ses questions. La mer est aujourd'hui totalement domestiquée et, comme tu peux le constater, le ciel n'est pas plus bas qu'ailleurs.

Il me mena suivant une longue succession de rues. Nous débouchâmes enfin sur le port, en vue de la mer. Mais aucune brise marine ne vint du large pour rafraîchir mon visage. Je fus déçu.

— Je t'avais prévenu, me dit-il.

Nous allâmes nous asseoir au bout de la jetée.

— Content de savoir que tu es toujours vivant, répéta mon fils.

Je lui demandai pourquoi il s'était enfui de l'école.

Il resta un moment sans répondre, observant la mer et les bateaux en rade, des dizaines de bateaux, puis il lâcha, comme à regret :

— Je ne sais pas.

Et reprenant le fil de ses pensées :

— Tour à tour, en une ronde infinie, ils viennent devant nous ouvrir leur ventre et déverser sur nos quais des montagnes de marchandises, que des ouvriers lents et négligents mettent des mois à évacuer, les montagnes grandissent sans cesse, le nombre des bateaux aussi, comme si notre peuple venait brusquement de se réveiller après un jeûne plusieurs fois séculaire, affamé et glouton, les bras atrophiés, incapable de travailler, se contentant d'échanger son pétrole.

Je l'écoutais en silence.

Soudain il se leva et, saisi d'une grande colère, se mit à invectiver la mer, les bateaux, et peut-être aussi la ville, parce que je ne comprenais pas bien ce qu'il disait.

Je tentai de le calmer. Il consentit enfin à se rasseoir, mais en me tournant le dos.

— Je ne sais pas. De toute façon, on n'y apprenait pas grand-chose, dans cette école. On ne nous enseignait que l'exégèse du Coran, afin de faire de nous plus tard des imams de mosquée ou de pieux chômeurs. De plus, je hais le directeur.

Je lui demandai pourquoi il me tournait le dos.

— Nous étions nombreux à venir ainsi contempler la mer, à scruter sans cesse l'horizon. Mais nul que nous attendions n'est venu. Il ne vient que ces navires lourds de marchandises, qui seront jetées en pâture au peuple affamé qui a, aux dépens de ses bras, laissé s'hypertrophier sa panse et son sexe pour avaler et se multiplier sans cesse. Par cette mer il ne vient jamais personne. C'est une mer prisonnière. Il faut aller plus loin, vers l'océan, pour rencontrer la brise marine.

Il se releva, le poing tendu vers la mer, pour se mettre à tancer d'invisibles interlocuteurs. Puis, pris de hoquet, il se pencha au-dessus de l'eau et se mit à vomir. Il sortait de sa bouche un liquide jaune et gluant qui flottait sur l'eau. Cela ressemblait à du sperme. Il rejeta une quantité incroyable de cette écœurante viscosité.

— Je vomirai jusqu'à perdre haleine, jusqu'à faire sombrer tous ces navires déjà à demi enfoncés par leurs flancs alourdis, comme des chiennes enceintes.

Puis il revint s'asseoir près de moi comme si le rejet de ce liquide l'avait purgé de toute sa colère.

— Je hais le directeur. Nous avions une institutrice qui avait vécu dans un pays voisin. Elle n'arrivait pas à faire venir de là-bas les pièces nécessaires à son dossier. Elle fut néanmoins embauchée, grâce à la bonté du directeur, disait-elle, qui avait bien voulu lui permettre de fournir par la suite les documents manquants. Elle était vieille, et grosse, et laide.

« Un jour, je les ai surpris dans son bureau. Je

regardais par la fenêtre. Ils étaient par terre, à même le carrelage. Elle avait ôté son slip, retroussé sa large jupe, et s'était renversée sur le dos en écartant bien fort les jambes. Lui la chevauchait ainsi, slip et pantalon rabattus sur ses cuisses, il avait gardé sa chemise et sa cravate, qui oscillait comme un pendule au-dessus du visage de l'institutrice, et il ahanait, et je voyais son cul poilu aller et venir, il s'essoufflait, son visage couperosé était inondé de sueur qui gouttait dans les yeux, dans la bouche et entre les deux seins de la fille, le carrelage râpait les genoux nus du directeur, le téléphone se mit à sonner, elle voulut se relever, mais il la repoussa brutalement, la pénétra de nouveau, tandis que la sonnerie continuait à retentir, mais ce tintamarre le gênait, son sexe se ramollissait, il glissait sur le sol, et il s'acharnait toujours, sans parvenir à éjaculer, ses genoux étaient ensanglantés, il retourna la fille avec fureur, pour la placer en chien de fusil, elle s'exécuta docilement, il reprit sa besogne, le téléphone sonnait toujours, la secrétaire se mit à frapper à la porte du bureau, de plus en plus fort, il savait qu'elle possédait une clé, risquait de l'utiliser pour ouvrir la porte, il voulait se presser, il s'énervait, ses habits étaient couverts de sang, ainsi que le plancher, elle voulut se relever de nouveau, mais il la tirait par les épaules, je me mis à cogner contre la vitre, il étouffait, il bavait, il trébucha, se remit sur ses genoux, lui écarta violemment les cuisses, la pénétra brutalement par l'arrière, elle cria de douleur tandis qu'il se dégonflait dans un grand soupir et s'abattait sur elle. J'ai brisé le carreau de la fenêtre, je me suis mis à crier, la main ensanglantée, tandis que ma mère, rabattant sa jupe, courait vers moi, mais j'ai brisé les autres carreaux de la fenêtre, déchiré mon visage et mes bras contre les arêtes du verre, et je voyais couler du sperme à la place du sang, et ma mère buvait le sperme et suçait mon pénis, elle le prit entre ses mains pour l'introduire dans son sexe, et je l'inondais de sperme et je l'inondais de sang.

## 3

— La silhouette et les propos de la femme aux cheveux dénoués ont longtemps empoisonné nos esprits. Elle allait et venait dans la contrée, marchant d'un pas rapide, à la poursuite de ses chimères. Elle dormait dans la fosse qui lui avait été destinée, afin de ne pas la laisser orpheline de son corps. Elle montrait son sexe aux enfants et se plaisait à déféquer en ricanant devant les hommes. Apostrophait les passants : « Comme des charognes ! Comme des charognes, vous pourrirez en plein jour, sous le soleil, et des vers monstrueux, issus de vos propres entrailles, vous rongeront les yeux et le sexe. Et votre odeur sera celle de mes excréments. Oui, quand dans le ciel bleu éclatera la foudre invisible, et que s'envoleront les oiseaux, les oiseaux... »

« Une nuit, je l'ai étranglée de mes propres mains dans la fosse qui lui servait de lit. Mais ses yeux et ses propos ont continué à hanter mes rêves jusqu'au jour où éclata la foudre imprévue, et j'ai vu le charnier, et j'ai vu les vers monstrueux ronger les yeux des cadavres...

Vingt-Cinq pleure à chaudes larmes. Omar, apitoyé, ne sait que dire.

— Toute l'injustice du monde !

4

— Toi qui es mon fils, tu me diras la vérité. Car à ma question répétée, je n'ai pu obtenir nulle réponse. Que s'est-il passé au pays ? Pourquoi les oiseaux ont-ils disparu ? Pourquoi construit-on des ponts sur des rivières mortes ? Pourquoi les paysans se laissent-ils lentement transformer en statues de pierre ? Pourquoi les morts refusent-ils de témoigner ?

— Qui te dit que je suis ton fils ?

— Tes yeux.

— Tu divagues, l'homme. Tous les désespérés ont mes yeux. Je ne te reconnais pas. Tu n'es pas mon père. Je n'ai pas de père. Mon père est mort il y a bien longtemps. Nous sommes ainsi des milliers à traîner dans les rues, orphelins sans passé et sans mémoire, confrontés au plus total désarroi. Pour vivre, nous vendons notre jeunesse aux soldats en permission à la recherche des bordels introuvables. Combien d'autres, dont nous formons le levain des discours, se sont habitués à nous enlacer, et nous passons de main en main pour nous voir en fin de compte accusés de prostitution. A ton tour, te voilà surgi d'outre-tombe, et, sans transition, récusant tous les tuteurs, réclame la paternité. Rien ne peut justifier votre absence. Aujourd'hui, nous en avons pris notre parti. Qu'as-tu fait pour mériter ce titre, hors peut-être d'avoir fourni l'obscur spermatozoïde qui féconda l'ovule qui devait me donner naissance ?

Il se tut un moment avant de reprendre avec le ton froid d'un juge convaincu de la justesse de son verdict :

— Tu es un rescapé du passé. Tu ne peux pas comprendre. A quoi bon en parler ? A quoi bon expliquer ?

— Je veux savoir.

Il alla s'asseoir au fin bord de la jetée et s'absorba dans la contemplation de l'eau miroitante.

— Toute l'injustice du monde ! En un instant tout est consommé. Les hommes abasourdis lèvent les yeux vers le ciel, resté immuable. La foudre est venue d'ailleurs. Déflagration diurne. As-tu déjà vu la terre s'entrouvrir ? Comme une grenade trop mûre ? Qui montre ses entrailles. Toute puissance de la matière minérale dans sa fausse apparence d'inertie. Quelles sombres forces ont provoqué ces soubresauts ? Les bêtes rompent leur attache et s'enfuient. Les oiseaux s'envolent et disparaissent. Ils ne reviendront plus. Les montagnes s'ébrouent. Des rocs immenses dégringolent vers les ravins. Une fraction de seconde pour transformer un relief familier : la croûte se boursoufle, d'anciennes sources tarissent, jaillissent de nouvelles sources, en pleine montagne, qui projettent d'un jet furieux leur eau fumante vers le ciel, le fleuve, détourné de son lit initial, s'égare parmi de nouveaux vallonnements. Il a perdu la direction de la mer. Où ira-t-il ?

« La terre devenue légère sous les pieds, comme une feuille morte, toute pesanteur anéantie. Un immense nuage de poussière recouvre la ville. Le ciel disparaît. Un géant invisible s'amuse à désarticuler une maquette. La voie ferrée tordue. Le train, ventre en l'air, bousculé d'une chiquenaude. Le béton se déchire comme du carton entre les mains d'un enfant capricieux. Grilles fantastiques de la ferraille dénudée dessinant le ciel. Décombres. Cris des moribonds ensevelis. Le soleil boit le sang. Putréfaction de la chair. Qui viendra à notre secours, qui ?

## 5

Nous sommes assis autour du cadavre de Omar, étendu sur une natte dans un coin de la pièce.

Vingt-Cinq s'est longtemps interdit de pleurer, mais, las de se contraindre, il a fini par se réfugier derrière son lit pour se laisser aller. Il en garde les yeux rouges et la barbe mouillée. Je ne sais par quel miracle est apparu dans sa main ce chapelet qu'il égrène au rythme de son délire où s'entrechoquent des images violentes et nettes. Rachid, l'ami qu'il a laissé partir sans même un signe d'adieu (était-ce un effet de l'alcool ?) alors qu'il aurait voulu lui adresser quelques mots pour le consoler, peut-être même essayer de le retenir, ou tout au moins retarder son départ. Ou alors avait-il compris que les gestes de l'amitié ne pouvaient conduire qu'au renoncement, c'est-à-dire à la trahison, et que justement il ne fallait à aucun prix fournir à Rachid le moindre prétexte pour rester, que tout valait mieux que cet encerclement progressif, avec en prime la promesse d'une imminente castration collective, qu'il convenait au contraire de lui laisser croire qu'il n'y avait rien d'extraordinaire dans sa décision, un geste naturel somme toute, alors qu'en vérité chaque pas du Sahraoui vers la clôture barbelée était soutenu par des milliers d'espoirs ? Ou bien était-il certain de le retrouver plus tard, compagnon décidément inévitable, pour accomplir ensemble un autre bout de trajet ? Qui peut savoir ce que pense ce vieillard à l'âge indéfini, qui soutient fermement être né en vingt-cinq, sans précision du centenaire, manifestement trop vieux ou trop jeune, certainement mythomane, a-t-il vraiment vécu ces siècles de souvenirs qu'il savait relater avec un art consommé, dédaignant d'expliquer les incohérences chronologiques que Rachid ne manquait jamais de lui faire remarquer ?

Depuis la découverte du corps au milieu de la nuit, l'Ecrivain n'a pas prononcé une seule parole. Il n'a pas voulu bouger du chevet de Omar. Son mutisme est effrayant. Cache-t-il sa tendresse envers le frère de race reconnu dès l'abord ? Ou bien vient-il seulement de découvrir le jeune compagnon qui réclamait son aide ? Cet homme prostré va-t-il enfin relever le front et dénoncer l'injustice ?

Les Sioux ont affirmé que Omar a été emporté par la fièvre typhoïde. Il avait refusé toutes les vaccinations, opposant un sourire têtu aux tentatives des infirmières. Obstination bienvenue qui permettait à l'Administrateur de ne pas mettre en cause l'état sanitaire de sa région. Bien entendu, ces affirmations sont totalement fausses. Le garçon n'a jamais contracté cette maladie. Les Sioux ne devaient pas être au courant du mal qui rongeait le ventre de l'étudiant en rupture d'école. Ils n'auraient pas eu à lui inventer une nouvelle maladie et l'Administrateur l'aurait définitivement éliminé de ses statistiques méticuleuses sur la morbidité des maladies contagieuses.

Mais alors, de quoi est-il mort ? On se perd en conjectures. C'est Vingt-Cinq qui l'a découvert au milieu de la nuit. La rigidité anormale du corps de l'adolescent avait attiré son attention. Il savait que Omar, contenant sa douleur, veillait toujours jusque très tard dans la nuit. Hanté par le départ de Rachid, le vieillard qui n'arrivait pas à dormir avait voulu interroger Omar.

Quelques-uns ont parlé de suicide : une trop forte dose de morphine dans sa piqûre quotidienne. En avait-il assez de supporter son calvaire et décidé d'en finir une fois pour toutes ? D'autant plus qu'il se savait en sursis, que les médecins lui avaient promis une fin prochaine dans d'atroces souffrances.

N'était-ce pas plutôt un accident ? Par l'accoutumance, l'effet analgésique du stupéfiant devenait moins efficace, et il fallait en augmenter progressivement les doses. Le cœur fatigué aura fini par lâcher. C'est possible. Le garçon faisait aussi un usage immodéré de haschich. Il prétendait que l'herbe atténuait les nausées consécutives aux injections de morphine. Toutes ces drogues auront fini par lui empoisonner le corps.

C'est une explication que je trouve plausible, parce que je ne crois pas au suicide de Omar. Il montrait un tel appétit de vivre, à peine émergé, exsangue, de ses souffrances !

Ou alors n'aurais-je rien compris ? Et est-ce vraiment un suicide ?

Nous savions courageux le petit homme qui abordait la nuit et son calvaire avec un sourire crispé. Les prédictions des médecins arrogants n'étaient pas parvenues à entamer son amour de la vie. Il avait reçu leur verdict comme s'il était d'une indiscutable immanence. C'était lui qui consolait les infirmières larmoyantes obligées de le mettre à la porte de l'hôpital. Cet hypothétique suicide n'a donc rien à voir avec sa maladie. Mais alors, pour quelle raison ? Pour quelle terrible raison le jeune homme qui vivait goulûment le peu de jours qui lui restaient avait finalement décidé de quitter ce monde ? Qui est-ce qui a pu le conduire à un tel désespoir ? Je crois que l'Ecrivain est le seul à avoir compris. C'est sans doute pour cela qu'il se tait.

Je n'attends plus la réponse de l'Administrateur. Je sais désormais qu'elle ne viendra jamais. Qu'il se soucie de mon cas comme maintenant de son ancienne villa aux murs lézardés. Que mes lettres n'ont jamais été transmises à l'Administrateur en Chef, qu'elles ont dû finir dans la poubelle du bureau de la secrétaire dont Rachid était amoureux.

Je sais désormais qu'à mon tour il me faut choisir.

Faire comme Vingt-Cinq, qui considère qu'il a fini de vivre, accueillant chaque nouveau matin comme un supplément d'existence inespéré, accepté sans aucun engagement de sa part, restant par conséquent hors de toute atteinte, déconnecté en quelque sorte, aucun projet, aucune ambition n'ayant plus de prise sur lui, ayant si longtemps vécu qu'il a perdu le souvenir de son âge et d'une partie de son passé, où les événements finissent par se télescoper, toute chronologie abolie, pour lui donner en fin de compte l'illusion de l'immortalité, ou plutôt d'une existence aux limites indéfinies, comme s'il avait vécu par intervalles incompréhensiblement dispersés sur l'échelle du temps, sans solution de continuité, que certains éléments de sa vie s'étaient déroulés dans un avenir paradoxal, qu'il ne serait pas étonné de vivre une seconde fois, ce qui explique peut-être sa certitude de retrouver un jour Rachid, l'ami qu'il a laissé partir sans même un signe d'adieu.

Faire comme l'Ecrivain, qui n'a pas fini de se colleter avec lui-même dans une impérative quête intérieure, et qui a été amené à franchir toutes les limites, qui revient des plus terribles confrontations où les moindres secrets sont traqués sans concession, jusque dans leurs plus ultimes retranchements, l'Ecrivain qui depuis longtemps poursuivait sa mutilation volontaire pour se retrouver stérile et aphone, enviant secrètement le mal qui torturait Omar, qui se considérait comme floué, indûment sevré de tous les drames de l'existence qui seuls, peut-être, auraient pu lui fournir la justification nécessaire, ou simplement le renoncement définitif, l'aveu de l'impuissance.

A moins de suivre Rachid, qui décida son départ un beau matin, dans la plus totale improvisation, n'ayant même pas pris le temps de rassembler toutes ses affaires, et qui, après un dernier regard vers son ami, se mit à marcher vers la clôture, sous l'œil attentif des gardes qui observaient l'approche de ce géant aux mouvements désarticulés, comme s'il avait compté sur une brusque paralysie de ces derniers, ou sur leur pétrification, qui les aurait rendus incapables d'ébaucher le moindre geste susceptible d'entraver son avance, ou peut-être simplement refusait-il d'envisager cet avenir attendu au bout de quelques pas, se contentant d'une féroce conviction qui lui dictait la nécessité de partir ?

A moins d'imiter Omar, qui quitta subrepticement la scène, laissant les vrais protagonistes face à face. Laisser les loups entre eux, et que les plus féroces l'emportent. Omar n'était pas préparé à passer sa vie à griffer et à mordre. Il aimait sourire.

Aux premières lueurs du jour, un homme aux allures furtives est venu nous annoncer la mort de Staline, la fin du cauchemar et l'aube d'une ère nouvelle. Il a longtemps parlé, en détachant bien ses mots, comme s'il voulait les charger de conviction, ou comme si lui-même ne parvenait pas à se convaincre de la réalité de l'événement. Ou bien tout simplement ne s'est-il pas encore réhabitué à vivre au grand jour, toujours incapable de retrouver les gestes naturels après une si longue période ? D'où vient-il ? A-t-il eu affaire à Raspoutine ? L'Homme sans nom en est convaincu. Dans ce cas, d'où lui vient cette assurance ? Veut-on encore nous leurrer ? De toute façon, nul d'entre nous n'est en mesure d'accepter les certitudes du messager, et nous baissons la tête, assis autour du cadavre de Omar.

*Achevé d'imprimer en janvier 2000*
*sur presse Cameron*
*dans les ateliers de*
***Bussière Camedan Imprimeries***
*à Saint-Amand-Montrond (Cher)*
*pour le compte des Éditions Stock*
*27, rue Cassette, 75006 Paris*

*Imprimé en France*

Dépôt légal : février 2000.
N° d'Édition : 627. N° d'Impression : 000271/4.
54-02-5204-01/0

ISBN 2-234-05204-1